我的二胎时代

萧思阳 著

河北出版传媒集团
花山文艺出版社

图书在版编目（CIP）数据

我的二胎时代/董思阳著.—石家庄：花山文艺出版社，2017.5
ISBN 978-7-5511-3365-4

Ⅰ.①我… Ⅱ.①董… Ⅲ.①纪实文学–中国–当代Ⅳ.①I25

中国版本图书馆CIP数据核字(2017)第103594号

书　　名：	我的二胎时代
著　　者：	董思阳
责任编辑：	梁　瑛
责任校对：	李　鸥
美术编辑：	苏洪涛
出版发行：	花山文艺出版社（邮政编码：050061）
	（河北省石家庄市友谊北大街330号）
销售热线：	84249363　84827588
印　　刷：	北京艺堂印刷有限公司
经　　销：	新华书店
开　　本：	710×1000　1/16
印　　张：	20
字　　数：	307千字
版　　次：	2017年6月第1版
	2017年6月第1次印刷
书　　号：	ISBN 978-7-5511-3365-4
定　　价：	58.00元

（版权所有　翻印必究·印装有误　负责调换）

谨以此书献给我的MC宝贝们

愿他们健康、平安、快乐!

推荐序一

行,成于思;长,益于阳。这就是思阳,一位能独立思考、性格如阳光般灿烂的幸福女人。

大概九年前,思阳回国后,我们就已相识。思阳智慧、善良、能干,而且我们都具有狮子座的热情。一见如故,相处甚洽,情同兄妹。思阳的先生是美国硅谷华人、知名的风险投资家。我们颇多往来,有时还一起打球。在工作中,我非常欣赏他的睿智和能干,他投资了很多知名的企业,回报率都很高,但为人低调、谦和。在一次投资酒会中我介绍他俩认识。

一切都非常完满。他们情投意合,结婚,生子。思阳和他的先生生活上举案齐眉,工作中默契配合,相互支持,是一对志同道合的美满伴侣。

可以说,我是一路看着思阳从一个活泼可爱的小女孩到现在成为"二胎宝妈"的,我为她的幸福感到高兴。

生活处处有机遇,人生时时需太美。

我是纯粹的梦想控,也是痴迷的手机控。从一名建筑设计师和大学老师转变为一位商业探索者和造梦者,得益于一次次的机遇,并有幸带领自己创造的三家公司成功在内地、香港和纳斯达克上市,也因此我创立了"机遇App",期待能通过开放、互助、共享的人脉价值平台,去助力和成就更多创造者,联结价值,发现机遇,实现梦想。我和思阳及其先生的相识相交,思阳与其先生的相互恩爱,这一切,都源于机遇。

所有的这些人生经验告诉我,有时,或许是一次聚会,或许是一个饭局,或许是一场活动,或许是一次搜索,或许是让两个陌生的心灵彼此走近一些,我们的人生就可以创造出无限可能。

让我们把握和感恩生活的点滴,那里真的孕育着一切幸福的可能。

思阳的这本《我的二胎时代》讲述了她和她先生的爱情故事,很多科学育儿宝典都是非常有价值的。前不久刚参加完他们的两个可爱的宝宝 MC 的生日 Party,一家四口其乐融融,全家欢声笑语,我真体悟到这就是思阳书中讲述的一个女人的幸福……人生可以如此太美!

胡世辉

太美集团董事长、机遇 App 董事长

推荐序二

思阳是我复旦—台大 EMBA 班课堂的学生之一,她笑容甜美,优雅地坐在教室的一角,很难把课堂上的她与女强人联系起来,甚至也不能让人想起她是一位专注的 Mommy。然而,《我的二胎时代》这本书,却真真切切地叙述了她从少女转为人妻,又成为母亲的一个历程。

在我看来,这本书就是在服务宝妈嘛!其实在现代社会中,类似思阳这样的女生,是越来越多了,她们在事业上扮演着积极的女强人角色,同时又在家中扮演温柔的妻子与母亲的角色,因此,如何把雷厉风行的女强人跟充满爱心的母亲融合起来,就成了凸显她们伟大价值的关键。

思阳的背景,包括她书中所叙述的经历,融合了西方的科学精神以及东方的人文精神,让我们看完本书有许多感悟。如书中所言,不管一个人在事业上的能力有多强,到最后其实还是要回归到爱与家庭中的。她在书中提到,人生的幸福只能源于爱。再强的女人,事业做得再大,也不过能享受片刻的喜悦及荣光,也未必能得到终身的幸福,她们骨子里还是向往着家庭,需要感情的滋润。"女人会明白人前的万千风光终究抵不过累了时可以依靠的肩膀,爱情和家庭成为她们辛苦打拼之后,心灵停泊的港湾和终极的归宿。"

这本书描述了许多"80 后"优秀女性的共同心路历程。在这本书里,思阳不仅将她的人生经历写了出来，更重要的是她通过本书延伸出一个线上平台——二胎宝妈MC平台——汇集了国际育儿知识、保健卫生常识、音乐、绘本分享等优质教育资讯。

我相信她心中之所以有着这样的一个梦，一个与宝宝们一起努力探索、共同成长的梦，不仅因为她有两个可爱的小朋友，还因为她得到的爱，所获得的那份满足感。所以这本书不是专业的育儿书籍，却充满了各种育儿智慧；这本书也不是一本励志的书，却处处充满着人生中的互相扶持及爱的分享，能够感动父母，与读者进行心灵沟通。

我相信每一位读者在看完这本书之后，都能够从思阳的心路历程中有所感、有所悟。愿每一位读者都能跟思阳一样，在育儿的过程中，在生命的旅程中，一起付出、一起享受、共同成长。

郭瑞祥　教授

台湾大学管理学院院长

自　序

感恩是我生命的永恒主题。

本书的成功出版,我要真挚感谢为我拨冗作序的机遇 App 董事长胡世辉先生和台湾大学管理学院院长郭瑞祥教授,他们是我人生和事业上的良师益友。他们的序言,不但使本书更添光彩,而且许多真知灼见,也让我受益匪浅;我也要感恩父母、公婆、两个孩子和家人朋友们,他们的爱,是此书的无穷源泉,是我不断前进的最大动力;我还要感谢出版人刘志则先生及其同人,没有他们的支持和鼓励,我难以完成此书!同时我还想感谢游读会的赵春善先生及其同人给予我的帮助与支持!最后,我想感谢先生给予我的爱与包容,遇见他,是我今生最大的幸福。再次感恩!

之所以想在《21 岁当总裁》后,再出这本书,是因为这期间发生了许多有趣的事,也想通过写作这种方式记录下宝贝们成长中的点滴幸福,并与大家分享。

在这期间,我恋爱、结婚,先后生下两个可爱的小宝宝……从大家心目中的"思阳姐姐"晋

升为了"MC 妈咪"——"MC"即我的两个孩子名字 Mitchell 和 Chelsea 首字母的缩写,同时"M"的另一层含义是"Mom",是你,是我,是我的闺蜜们;而"C"还代表了"Cares",即宝宝和家庭,以及我们所关心的一切。岁月荏苒。我当年的粉丝们也和我一样长大成熟了,她们中的绝大多数人也成为幸福的一胎或二胎宝妈了。我在此过程中积累了许多有关怀孕、生产、养育、早教及其他方面的心得经验。"美美与共",这些经验就像自己珍藏的宝藏,如果能够拿出来分享给她们或者更多的人,实在是一件很有意义的事。

"事非经过不知难。"说心里话,我以前耽于事业,看不到家庭主妇的不易,总觉得养育孩子并不是一件特别困难的事,自己也感觉不到妈妈有多辛苦。现在,为人妻,为人母,在养育孩子的点点滴滴中,我才发现需要学习和亲力亲为的事太多了,真真切切感到做妈妈实在太不容易了。"谁言寸草心,报得三春晖。"所有的这些难忘经历,让我更理解、更心疼、更爱自己的父母了。我想通过此书把这份感恩的心态传递给所有宝妈宝爸们,和他们一起,重新认识、感受父亲母亲的深沉的爱!

成为 MC 们的妈妈后,我更愿意从内心深处去认识自我、探究自我。因为我知道,妈妈的内心有多强大,就能在多大程度上影响宝宝们的心理成长。这期间,我有非常多的感悟想和宝妈们分享——或许我们会有分歧,或许我们有相同的感悟,但在爱的前提下,我相信这些感悟都能带给大家一定的收获。

在养育孩子的过程中,我特别注重从国际化的视角来审视家教,积极探索风靡欧美的 STEM 教育理念,带着孩子们一起体验机器人早教……本书在尊重传统的基础上,强调以一种更科学理性、更人性化的理念来培育健康快乐的孩子,以满足"80 后""90 后"这些新生代潮妈潮爸们的实际需求。

教养孩子之余,我联合了许多早教专家和在国际化育儿方面颇有心得的学者们,共同打造了一个二胎宝妈公众号——二胎宝妈 MC 平台。双语故事、Case Study 视频、Mommy 游学、MC English Song、MC 互动活动……都会在平台上一一展现。二胎宝妈 MC 平台为读者们提供全世界最科学的教育理念和最 IN 的宝妈资讯。在这里,我们可以畅所欲言,共同分享早教心得。

每当看到我可爱的宝宝时,我的内心爱意涌动,总想为宝妈们做些什么。希望本书的出版和二胎宝妈 MC 平台能为大家的育儿提供更多的参考与方向。

感谢大家一如既往的支持,思阳愿意和你们携手前行!

董思阳

2017.2.28

目 录
CONTENTS

CHAPTER 1

家庭：我的选择

走遍天涯觅不到自己所需要的东西的人，回到家里就发现它了。

——英国政治家、《乌托邦》作者　莫尔

Crazy/2

邂逅爱情 /8

巧妇不易 /15

幸福生活首重品质 /22

孕前保健怎么做 /26

CHAPTER 2

哥哥：小骑士如何"练就"

> 幼小时所得的印象，哪怕是极微小，小到几乎觉察不出，都有极重大、极长久的影响。
>
> ——英国教育家　洛克

突如其来的礼物 /30

宝贝，感恩你的到来 /35

母乳是孩子最甜美的滋养 /43

小小骑士的体能训练 /46

我让 Mitchell 早入托 /59

培养孩子的独立意识 /70

让孩子做事"有始有终" /74

培养孩子的数理逻辑 /78

和孩子一起烘焙幸福的味道 /87

CHAPTER 3

妹妹：小公主的养成

儿童心灵上的许多烙印，都是成人无意间烙下的。我们对儿童所做的一切都会开花结果，不仅影响他一时，也决定他一生。

——意大利幼儿教育家　蒙特梭利

小公主意外降临 /98

和 Chelsea 一起"考试" /106

低幼婴儿的早教课 /115

感悟语言之美，徜徉音乐殿堂 /122

多管齐下防雾霾 /128

CHAPTER 4

Goodfriends：生活即教育

唯一有说服力的教材是榜样教材，生活比学校更能提供这种教材。

——法国思想家、文学家　罗曼·罗兰

辅食调理 DIY /134

蹲下来倾听孩子 /141

两宝和谐，爱意丰盈 /152

孩子的美德是做人的基石 /160

培植 EQ，培育和谐 /171

刚柔"谈判术" /177

徜徉在知识的海洋 /181

和机器人一起学习 /192

健康点滴不容忽视 /199

1+1>2 /203

父爱是深沉的滋养 /211

夫妻和谐之道 /220

CHAPTER 5

妈妈：做孩子最好的榜样

孩子的言行就像一面镜子，反映着家庭和父母的精神，所以希望孩子好，首先自己要起模范作用。父母或教育者的日常性言行，对培养孩子的人格有最强的说服力。

——日本作家　谷口雅春

卓越心路，启蒙爱子 /230
游历名校，兼收并蓄 /237
修炼身心，控制情绪 /247
时尚辣妈，产后修炼 /257
事业家庭，兼顾有方 /272
博爱母亲，惠己及人 /290
后记 /300

chapter 1

家庭：我的选择

走遍天涯觅不到自己所需要的东西的人，回到家里就发现它了。

——英国政治家、《乌托邦》作者 莫尔

CRAZY

凌晨 6:00，iPhone 密码锁被划开，纤指轻触屏幕，利落地回复各种邮件。

7:30，一杯快要晾凉的新西兰牛奶，将面包、煎鸡蛋或三明治温柔地送入腹中。

8:00，略施粉黛便驱车上班。对拥堵和雾霾耐受性较差的我，有时也难免心烦意乱。当然，这一切都于事无补。那么好吧，原定清晨召开的高管例会就不得不推迟半小时了。

但也有好处，往往在这种边缘时段，一通电话后，许多要紧的棘手工作就被解决掉了。

好不容易到了公司，立刻召集各部门总监开会。投资板块、餐饮板块、文创板块……问题像雪片一样袭来，而我必须让自己的头脑更加快速地运转起来，在第一时间做出正确决断。

很快，时针指向 12:00。紧凑的午餐时间，我还要充分利用这个相对轻松的时刻，和高管及普通员工沟通感情。没有完整的午休时间，因为这是唯一一小块儿几乎不会被意外工作打扰的黄金时段。这个时刻，我可以看一会儿书，整理自己的灵魂，跟上时代。

下午 1:30，正式上班后，我疾步来到会客厅。和如约而至的媒体朋友

家庭：我的选择

简单寒暄后，立刻直入主题。绝大多数情况下，这类貌似占时不多的环节，往往要花费我一个下午的时间。

下午如果不约见媒体，我则会会见一拨又一拨的客户。业务往来的交流更加直截了当，但事关重大，我更要拿出十二分的精力来和客户谈判。

就这样，整个白天，我的时间安排甚至精确到了以分来计算。

为了参加慈善拍卖晚宴，我不得不将晨妆卸去，由私人美容师为我打造适合晚宴的装扮。在万众瞩目中，我需要更加雍容华美的装扮，以掩饰那和晚会氛围稍显不搭的少女的俏皮感。

然而到此我忙碌的一天尚未完结，我必须在凌晨加班结束前，安排助理，订好明天去旧金山的机票——我要去那里评估一个互联网项目。

就在这时，iPhone铃声又急切地响起，我的处女作《21岁当总裁》上市后反响火爆，出版社要和我商讨加印及安排签售的具体事宜。

……

以上这些片段，几乎构成了我每一天的生活。而我也做过一个粗略的统计：一年365天，我大概有300天在天上飞！

快节奏地吃！快节奏地行走！连说话的语速也越来越快！我在不停地挑战自己的人生极限，甚至到了无暇顾及周围一切的地步……

于是，超常的付出后，在我的工作账本上，时间永远呈现赤字，但我的人生报表却理所当然地充满了盈余，我先后被评为：

中国首位有机产业的倡导者和实践者；

"80后"美女总裁、中国十大美女企业家；

中国企业家全国理事会理事。

处女作《21岁当总裁》销售突破200万册，20岁刚出头的我一下子成为商界版头条人物，也成为各路媒体关注的焦点。

我捐出100万元创立了"关心下一代大学生发展基金"并亲自担任秘书长。

我参加过《阿里巴巴》直播专访，担任过《创业大本营》的决赛创业导师，应邀成为《上班这点事》的嘉宾等，很多人称我为中国第一代网红。我在优酷的采访视频点击量超过了200万人次，阿里巴巴博客更有超过1200万的粉丝。

……

各种荣誉的桂冠接踵而至，我被贴上了的"拼女王"的标签。周围的人都认为我的成功离不开超常的付出，他们甚至以为我的精力可以旺盛到没有极限——事实上我确实可以为了工作不去休闲，不去考虑个人感情问题。在这种超快节奏的生活中，我甚至隐隐觉得自己掌握了人生真谛，快乐得无与伦比。

家庭：我的选择

但时间长了，我逐渐有些吃不消了，我付出非常多，但生活似乎一直没有完全掌握在我自己的手里。

有一段时间，我觉得自己就像一只陀螺一样不停地转，但却不知道为什么而转。

"董总，该开高管会了。"

"董总，下午有一个媒体见面会。"

"董总，晚上有个××晚宴您要参加。"

……

我的生活异常忙碌，忙到没有时间和家人一起吃顿饭，忙到没有时间稍微停下来思考一下。在这种情形下，和朋友们的短暂相聚，也成为一种奢侈。

我的内心极度空虚，几乎彻夜难眠。我开始反思：这就是我要的生活吗？

虽然很多人羡慕我，但是我无法欺骗自己的内心，我开始感到不快乐了。

为了适度调整自己的状态，我有意地放慢了自己的脚步，开始抽出时间陪父母吃饭，特意去参加一些联谊聚会，挤出时间和朋友们密切交流……我发现，当我放慢脚步的时候，整个世界似乎重新变得五彩斑斓起来，生命也充满了脉脉温情。

人生的幸福只能源于爱。再要强的女人，事业做得再大，片刻的喜悦和荣光过后，也会期盼能得到终生的幸福。绝大多数女强人骨子里还是向往家庭、需要感情滋润的，只是因为太忙，她们无暇顾及这些。在我身边，不乏这样的密友——她们事业有成却分身乏术，经常感叹难以抽出时间陪陪恋人、陪陪家人，无法为他们亲手做上一顿可口的晚餐。

女人天性拒绝漂泊，再强的女人，也需要一个安全的港湾。繁华之后总会归于平淡，当寒梦乍醒时，女人们就会明白，人前的万千风光，终究抵不上一个累的时候可以倚靠的肩膀。爱情和家庭，成为她们辛苦打拼之后，心灵停泊的港湾和终极归宿。

我审视周遭，突然发现，那些让我敬佩的知性女人，她们在不动声色地平衡着爱情与事业。她们会用十二万分的精神开创自己的事业，也会用万种柔情和一点灵犀经营好自己的爱情。事业上，她们自信满满、全心投入，指点江山、硕果累累。爱情天地里，她们亦嗔亦娇、真诚付出，无怨无悔、追寻真爱。这样的女人，实现了事业爱情双丰收的梦想；这样的女人，领悟了人生的真谛，幸福无比。

从此以后，我开始学着调整心态、重展笑颜，用新的姿态、新的眼光，重新审视自己的人生，也开始学着捕捉稍纵即逝的爱情电流，生怕错过那个注定会伴我一生的他。

邂逅爱情

高速旋转的陀螺放慢脚步后，生活立刻展现出它多姿多彩的另一面。

2008年，丘比特之箭飞来，我邂逅了这个人。

在一次投资圈朋友的聚会上，我认识了他。风度翩翩、稳重踏实，眉宇间流露出对远大目标的追求和对事业的无比执着，谈笑间透露出的从容睿智和深厚的修养——他的出现，无疑让我有眼前一亮的感觉。

后来，从一个朋友口中得知，他是从加州硅谷归国的美籍华人，目前是某国际知名风险投资机构的合伙人。而在我们"不经意"的接触中，我也能发现他偶尔露出的腼腆眼神，感受到他怦怦乱跳的心。

相识、相知、相恋……一切自然发生。

在和他的交往中，我也学到了不少东西。他的沉稳，告诉我凡事要有耐心；他的包容，让我不再任性；他的深情，让我倍感温暖；他的格局，拓宽了我的视野……

在他爱的呵护下，渐渐地，我终于发现，原来放慢节奏，停下来，慢一点也挺好的。我终于将过去"拼女王"的重负放下，学会了欣赏周围的美好，开始了"活在当下"的生活。

一年后，2009年的圣诞节。"滴——"我的手机响个不停。

从包里拿出手机,上面是他发来的一条信息。紫色的荧屏上,款款写着如下的话:

"Yolanda,今晚七时,请赴××餐厅,共度圣诞。

恭候你的到来!

Wishing you all the blessings of a beautiful Christmas day!"

我简单回复了一个"OK",看见时间已经不早,就赶紧准备礼服。

镜子前,我摆出了好几个造型,仔细端详。只见镜子里的我,一袭黑色后背镂空小礼服,有点小性感。

我调皮地对着镜子做了个鬼脸,就驱车一溜烟来到了××餐厅。

入了宴席,几位好友已先到了。他目光深邃地看着我,似乎想要倾诉什么。

一曲熟悉的乐曲悠扬地传入耳中。仔细聆听,那是一组乐队在弹奏王菲的《我愿意》。

五彩斑斓的光影中,我正如痴如醉地欣赏着这充满爱意的绵绵情歌。突然,一只宽阔而坚定的手伸了过来。那是他的手——不知何时,他已经

立在了我的身旁。

他绅士地邀请我登上舞台。我被眼前这突如其来的一切弄得不知所措，胸口似乎有无数只小兔在"怦怦"乱跳。刹那间，我的头脑一片空白，失去了任何思考能力，满怀着少女的娇羞，任由他牵着我的手，缓缓走向舞台。

舞台中央，他将鲜花藏在身后，眼里饱含着深情，深邃的目光中还透出一点羞涩。就在我俯首含羞之际，他单膝缓缓着地，把花举到胸前。我回过头来，透过花束看到了他清澈的眼睛。

他问我："Yolanda，你愿意嫁给我吗？Will you marry me？"

我泪眼蒙眬，点了点头，认真地回答："我愿意！"

我站在舞台的中央，幸福得一塌糊涂。而他，在看到我应允了他的求婚时，宛如一个得到了心仪礼物的小孩子，开心地笑了起来。

他紧紧握着我的手，我们回到了餐桌。朋友们纷纷笑着送上祝福。我的内心充满着幸福与喜悦——突然而来的，快要抑制不住的喜悦。

饭后，他驱车带我来到附近的世贸天阶。

下车后，他说要给我个惊喜，他扬着手请我抬头看天幕。

我举头一看，漆黑的夜空中，出现了几行璀璨的大字：

我们的爱

相逢是首悠扬的歌

相识是杯醇香的酒

相爱是那缠绵的琴

相处是双南飞的雁

相知是根不老的藤

Yolanda, I love you all my life!

他深情地凝视着我，张开了双臂。他神情真诚、稳重，目光清澈、动人。

我被感动得泪眼婆娑，不能自已，缓缓靠在了他的肩头。

佳期如梦，柔情似水，这一天终于来了。当我养在深闺时，也曾无数次憧憬过——将来会有一天，有一个人，他虽然不一定骑着白马，但一定英武睿智。他会来到我的身边，给我以宽阔的肩膀，向我承诺永远幸福地

我们在巴厘岛 Infinity Chapel 教堂举办婚礼

与我相依相伴。他将在一个让万千美少女羡慕不已的场合,以满满的爱意为聘礼,呈上他的婚辞,请我恩准日后由他照顾我的一生……

一定要找到,
那个能让你的心静下来的人。
从此不再剑拔弩张、左右奔突;
也一定要找到,
那个能让你的心精进起来的人。
从此万水千山、世世生生。

宗萨钦哲仁波切的这首诗曾经让我无数次地幻想,生生世世,那个将为我遮风挡雨、答应呵护我一生的人,他在哪里?

现在,他终于来了,他就站在我面前,他就是我的"那个人"!

2010年5月25日,我们在美国注册结婚。又经过半年的准备,2011年2月1日我们在印度尼西亚巴厘岛(Bali Island)举行了隆重的婚礼。

我与先生在北京拍的婚纱照

巴厘岛沙滩温暖,阳光明媚,海水湛蓝,是世界著名的旅游海岛,也是所有女生幻想的最美的结婚圣地。更重要的是,公婆是早期的巴厘岛华侨,尽管现在已经定居广东,但他们在当地仍有三百多名亲戚,所以,在巴厘岛举办一场终生难忘的婚礼,无疑非常有纪念意义。

我们所选定的CONRAD酒店,是巴厘岛上颇负盛名的国际酒店。我们最终选择了在私人海滩上的Infinity Chapel教堂举办这场婚礼。

婚礼开始时,激动、紧张、兴奋的情绪始终萦绕在我的心头。

Infinity Chapel教堂在海域中央,比水平面高出了两米。值得一提的是,整个教堂镶嵌着巨大而透明的落地玻璃,屋外美景映入教堂,简直美若仙境。

按照礼仪,先生应该先行到对岸的教堂里等我,然后我母亲牵着我的手,穿过连接酒店和教堂的大道,和先生会合举行婚礼祷告,我们一起走进教堂,举行盛大婚礼。

酒店里,我和先生在司仪的指导下换好了婚装。先生整理了一下笔挺的燕尾服,正要跨步离开。他看到我有些紧张的样子,微微笑了一下,回过头安慰我:"阳阳,别紧张,我在那边等你。"

我忍不住紧紧抓住了他的手,他反过来牢牢扣着我的手心。我感到他

巴厘岛 Infinity Chapel 教堂

家庭：我的选择

的大手坚实而有力，心也安定了许多。

通往教堂的婚礼之路长达三十三米。

母亲陪我缓缓地走在婚礼之路上，空旷的大海，不时将蔚蓝的柔波托起，又缓缓放下。我和母亲一步一个脚印地走着。慢慢地，我的眼泪不由自主地流淌了下来——母亲养育了我二十五载，今天，她的女儿要离开她了。难舍的母爱，我对母亲浓浓的依恋，就像脚下这蔚蓝的海水，深厚绵长，无涯无际。父亲母亲，谢谢你们，是你们给予了我无尽的爱，让我在生命之花怒放的季节，勇敢地走向爱，决定与一个爱我的人携手走这一生。

远远地，我看见先生挺拔的身姿正立在教堂的廊柱下。

教堂非常开阔。映入眼帘的是海天一线的美景，澄空若碧，透明的玻璃帷幕空间，使得整个教堂宛若浮于海面上，而环绕教堂四周的流水与海洋融为一体，营造出一种时空无尽的味道。

那是令人心动向往的神圣之地，那个人是我即将托付终身的另一半！

我踮脚走在通往婚姻殿堂的幸福之路上，就像走在水上，走向蔚蓝的天海一线。刹那间，我觉得自己似乎与大海、与教堂、与先生、与家人融为了一体。

终于，母亲把我的手放到了先生的手心，先生向母亲鞠躬致谢。之后，我搀着先生的臂膀，缓缓走向神父，祷告开始了。

神父站在教堂的中央，为我们祷告，见证了我们神圣的婚礼。

我十几岁时就开始修佛。之所以选择在教堂举行婚礼，是因为我秉持信仰自由的原则，我尊重所有的宗教。

神父以上帝的名义为我们祷告完毕后，我们互戴婚戒。这时候先生温柔地看着我，毫无预兆地开口告白："当我遇到你，我才知道，我是这么幸运！当我感到生命迷茫坎坷的时候，你像上天派来的插着金色翅膀的小天使，给我带来无限的希望跟光明。你的美丽、智慧，使我一见钟情；你的正直、善良，令我时刻感动；你的温柔、调皮，使我的生活充满了快乐；你的鼓励和支持是我工作的最大动力！"

他顿了顿，继续深情地望着我说："2008年邂逅，2009年风水师的预言，我相信这些都不是偶然，这些都是我们前世修得的缘分。在未来的日子里，我会将我的爱变成每天对你的关怀、宽容与支持，让我们永远记住这一天——"

他的声调缓下去，声音越发深沉而有力，似乎是一字一顿地说了出来："让我们记住这一天的誓言：相濡以沫，相爱到老，好吗？"

我被这真诚的表白感动得说不出话来，只能满眼含泪坚定而有力地吐出一个字："好！"

过了许久，我定了定神，郑重地对先生说："我想今天这个场合，任何华丽的语言都无法证明我对你的爱。"我深深地吸了一口气，看着先生继续说，"我只想跟你说，我愿意和你永结同心，白头到老！"不可遏抑的幸福泪水终于夺眶而出，先生紧紧地将我搂抱在怀里。

从教堂里出来，家人和秀美的土著女子们组成的伴娘团立刻簇拥过来，一边欢笑着一边往我们身上撒花。很快，我洁白的婚纱上就开满了五颜六色的鲜花。

我相信，在那漫天飞舞的鲜花中，我们的笑容是最幸福的。

巧妇不易

和心爱的人在一起生活,固然让人开心惬意,但一下子从一个单身女孩变成需要分担家庭责任的妻子,我还是感到了些许的不适应。

最明显的是,以前单身的时候,想去哪儿就去哪儿,说走就走。现在初为人妇,对丈夫、对家庭多了一份责任,多了一份牵挂和依恋,不能再像昔日那样洒脱无羁、任性率意了。

更重要的是,结婚后,家庭与事业的冲突变大了,我经常陷入非此即彼的困境。我曾经一度陷入沉思,是要继续自己的事业,继续风风火火、忙忙碌碌下去,还是回归家庭,踏踏实实地做一个好太太、好妈妈?

兰尼说:"一个美满的家庭,犹如沙漠中的甘泉,涌出宁谧和安慰,使人洗心涤虑、怡情悦性。"

莫尔也说:"走遍天涯觅不到自己所需要的东西的人,回到家里就发现它了。"

经过一番琢磨,我想明白了,一个女人,其实奋斗的目的,还不是想有一个温暖的家?而我已经拥有一个家了,为什么不好好经营起来,为什么要舍本逐末呢?当然,我觉得这二者也未必就是无法调和的,我相信可以找到一条两全其美之路。

事非经过不知难。结婚后我才知道,这条"两全其美的路"可真不是那么好走的,做太太其实是比创业更辛苦的事。

婚后，我和先生都用心筑爱巢。经过几个月的选房，我们看上了一幢位于近郊中央别墅区的独栋建筑。

小区里绿化很好，人工湖碧波荡漾，一派旖旎风光。地理位置极其优越，周边高尔夫球场、马场、国际五星级酒店和国际社区环绕林立。最重要的是，距小区不足五分钟车程是北京最好的国际学校，将来孩子入学比较方便。

别墅地上三层，地下一层，客厅挑高六米，南北通透。我们抵达时，别墅的大部分空间遍洒阳光，方方正正的后花园别有一番美丽韵味。我和老公相视一笑，决定就在这里安家落户。

房子定了，紧接着是紧锣密鼓的装修。

装修颇为考验人的耐心和毅力。为了将别墅装饰得符合心意，我们本着宁缺毋滥的原则，用了差不多两年的时间，才完成了这项巨大的工程。

其中颇费心思的是挑选优秀的设计师。设计师的装修设计风格，有的新潮，有的保守，有的偏欧式，有的偏中式；而且设计师本人的个性也并不相同，我们大约花了半年时间和设计师进行了深入沟通。正式施工则大约用了一年半的时间。

在这期间，发生了许多让人回味无穷的趣事。

我先生非常细心。大到吊灯，小到开关，每一块瓷砖，每一席窗帘，

别墅装修中

每一块壁纸,他都要不辞劳苦地去装饰城精挑细选。他具有强烈的理工科思维,往往会在浩如烟海的上百种产品里,精挑细选出几种他最满意的风格。然后,他对这些信息迅速整理、排序、筛选、分析,最后得出结论,然后我们再共同商量决定。整个装修过程,我俩形成了明确的分工,配合得天衣无缝。

我比较擅长装修设计,整体的色调把控,家具、窗帘、壁纸等具体的细节体现,都由我提出先期思路。先生的专长是水暖、电力、土木工程等结构性的工程规划,甚至地下室家庭影院的线路如何布局,他都有筹谋。他非常喜欢和建筑师进行别墅布局、结构搭建等宏观架构方面的沟通。

我负责和包工方谈价格。说来有趣,我一副锱铢必较的"铁公鸡"架势,让那些五大三粗、惯于见缝插针的包工头都犯了愁。一看见我先生,他们老远就笑着说:"啊呀!你这位太太,真是能干!我在这个别墅区承接了那么多工程,没有见过像你太太这么精明的人。"

我知道他这话里不免有尖酸之讥,但完全没当回事。"一餐一粒当思来之不易。"我之所以要这样"抠门",固然有不想让他们钻空子揩油的心思,但更多的是深知我和先生打拼不易,不想浪费财力。

总之,不管大事小情,装修中我们都保持了密切的配合,我俩一起努力,势必营造出一个让彼此都满意的爱巢。

为我们负责室内整体设计的,是一位业内知名的设计师。

这位设计师着装新潮,信心满满。他一出场就建议将厨房搬到地下室,

然后把现在厨房的墙壁打掉。他说,这样的话,一楼客厅会更宽大更敞亮。这个建议听起来很诱人,但仔细思忖,我们觉得这样做可能不太安全,就没有采纳他的建议。

这位设计师又建议,二楼的弧形平台可以做成方形,这样会让二层的面积陡然增大。我和先生商量一番,觉得现在这样的弧形其实很柔和,感觉很舒服,也没有同意设计师的方案。

一来二去,这位个性张扬的设计师屡次碰壁,也难免心生不满,最后他面色不虞地说:"那就都按照你们的意见装修吧!不过以后可不要对别人说是我做的!"他的言外之意是,他在业内是非常著名的,如果遵从客户的业余意见,效果未必会好,以后流传出去,还可能会影响他的声誉呢!我们不置可否,一切按部就班地进行着。

让人没想到的是,装修竣工后,这位设计师第一个跑来拍照,频频点头夸赞。事后,我们无意间浏览了他的个人主页,发现他把我们家的别墅装修照片放在了最显眼的位置。能得到他的专业认可,我和先生也非常高兴。

记得验收房屋那天,先生在屋子里审视一番,满意地对我说:"Yolanda,你很能干,我们配合得很好!"

住进来的头等大事就是请保姆。初期,我们请了两位专业保姆。

保姆在我家,起初就是负责做饭洗衣等简单的家务工作。时间久了,发现主人不安排别的家务,她们显得有点无所适从。

后来,保姆们终于忍不住了,就悄悄地提醒我:"太太,咱们家的真皮沙发是不是该上油保养了?"

"有多久没保养了?"我将书合上,问道。

"我来半年了,都没有保养过。"保姆笑着说。

或者就是这样的话题:"太太,我们的地板是不是要打蜡了?"

这样的场景让我倍感尴尬。

还好,作为大家眼里的"拼女王",我求知欲望强烈,最爱不耻下问。所谓"处处留心皆学问",没多久,我就从保姆那里学到了许多持家绝技,当然也很快就了解到了家务事的繁杂和忙乱。

考验无处不在。当我逐渐适应了自己的新角色,意图在操持家务方面大展宏图时,惊心动魄的一幕发生了。

我的二胎时代

那是一个下午,我请来保洁公司的师傅给客厅的水晶大吊灯做清洁。这个水晶灯高达两米,挂在我们挑高六米的天花板上,足有一百多斤重,平时阿姨没办法清洁。四个师傅踩着脚手架,仔细地擦着灯具上的尘土。

突然,"咔嚓——"一阵沉闷的响声传来,"吊灯要掉了!"一个保姆惊呼道。我赶紧回眸,好危险——水晶灯的一个链子在往下坠,四个师傅正在苦苦支撑!

万一这盏大灯掉下来,四个师傅无一能幸免,地板也会被砸个大坑。

顿时,大厅里乱作一团。女眷们避之不及,唯恐吊灯砸到她们头上。

我很快镇定下来,立刻拿起电话打给物业求救。物业派了几个专业电工第一时间赶了过来。电工师傅们又在旁边架了个脚手架,居高临下地往上提这盏灯。一帮人费尽了力气,才一点点地把灯移了上去,师傅们迅速把按锁扣住,这才化险为夷。

家庭：我的选择

地下室的家庭电影院

事后检查，原来是当初的安装工人工作疏忽，没有把吊灯的安全锁牢牢扣住。

后来，每当无意间抬头看到那盏大吊灯，我都会抚着胸口感叹："一屋不扫，何以扫天下？"家务事虽然琐碎，想做好可真不简单。想做个好太太实在没那么容易！

就这样，我初为人妻，需要操心家庭的方方面面，就开始有意识地逐渐缩小自己的事业版图，尽可能过着原生态的低调生活，努力使自己生活在更真实的当下。在这种理念的指导下，我开始推掉一些媒体的采访邀请，博客和微博也好几年没有更新了。慢慢地，我一步一步走进了家庭。

幸福生活首重品质

还是那句话，事非经过不知难。从小女生进化为魅力太太，并不是一个容易的过程。

"曹阿姨，今天的菜不要和昨天重样，每天要有不同的饮食，最好是三菜一汤啊！"

"张姐，您能和我合计一下下个月的菜品怎么安排，如何进行营养和花色搭配呢？"

……

先生在外打拼，很忙很累，为他奉上可口的饭菜，是我这个做妻子的应尽的职责。于是，我经常和保姆交流，希望在这方面得以提升。

我知道了地板要定期打蜡，沙发皮具要按时上油保养；

我知道了用小苏打水浸泡蔬菜水果，才能比较干净地清除农药；

我知道了要提醒保姆，地下室家庭电影院的抽湿机要定时打开，花园里的树木和室内花草植被要主动养护；

我知道了喷水池要用专业设备来清洁，而衣物要用烘干机烘干；

我知道了浴巾等用具要定期用消毒液消毒；

我知道了冰箱、微波炉、烤箱也需嘱咐保姆定期清洗消毒；

我知道了宴请宾客时要根据不同的主题来装点客厅和餐桌；

经过不懈的努力，我掌握了极其丰富的持家知识，自己和家人的生活品质得以大幅提升。

每年的11月1日是西方的传统节日——万圣节。万圣节前夕，我小试牛刀，指挥着大家在家里布置好了节日装饰物。

在我们居住的别墅区，以美籍华人居多，所以这个节日对我们来说是不可多得的狂欢节。

我大包小包买来各种各样的万圣节装饰物和玩具，但保姆们对这些道具该怎么玩、怎么摆放完全是一头雾水。看着她们一脸茫然的样子，我只好逐一介绍。听了我的介绍，保姆们也觉得非常有趣，主动帮忙把蜘蛛网挂在外面的树上，将小精灵摆在门口，把稻草人放在了显眼的位置。

南瓜灯当然是万圣节最重要的道具。关于怎么用刀挖空新鲜的南瓜，然后在表面上镂刻纹饰，我花了一番工夫终于教会了她们。我还准备好了各色糖果。

Knock knock, trick or treat?

Who are you?

I'm a ghost,

I'm a little ghost.

Knock knock, trick or treat?

Who are you?

I'm a ghost,

I'm a little ghost……

随着这首万圣节里耳熟能详的童谣在小区里此起彼伏地出现，当晚，小区里各家各户的小孩们都换上了各式各样的服装，戴上面具，精心打扮一番，嘻嘻哈哈地挨家逐户讨糖果。看着小朋友们兴奋的表情，我、先生和保姆们也感到由衷的高兴。而小朋友们传唱的这首歌，现在也已经是我儿子最喜欢的曲目之一了。

"独在异乡为异客"，保姆们长期居住在我们家里，和她们保持顺畅的沟通交流是一个绕不过去的课题。就像不压抑每一个公司员工一样，我既

要让她们心情舒畅，还要尊重她们的生活习惯，乃至精神信仰。其中一个保姆是位虔诚的基督教徒，按基督教规，她们每周日都要去教堂做礼拜。可是，星期天我和先生休息在家，理所应当地需要保姆更多的协助，但我们非常尊重她的信仰，支持她周末按时去做礼拜。正因为有了正确的待人接物的态度和方法，我们的家庭生活才充满了和谐幸福，安定无忧。

西方谚语说"Happiness Would Not Drop From Heaven"，中国也流传着"樱桃好吃树难栽，不洒汗水换不来"的训诫。正因为我对提升自己管家技能的孜孜不倦的追求，才能很快地从对婚姻生活一无所知的萌少女，变成了举重若轻的魅力太太，顺利完成了角色转换，将家庭生活中的一切管理得井井有条，周围人也纷纷称赞我进步神速。

孕前保健怎么做

卢梭说:"虚弱的身体,将永远不会培养出有活力的灵魂和智慧。"同样,一个身体虚弱的妈妈,怎么可能孕育出有活力的智慧宝宝呢?

成家之后,生养宝宝自然提上了日程。

我的健康状况一直不错,但婚前整日忙碌,风风火火,足迹踏遍世界,奇思妙想推动着我的生命列车轰隆隆地义无反顾地往前行驶。我开了很多家公司,有的很成功,有的不很成功,这对我的精力、体力都损耗不小。加之我经常面对公众媒体,有时整天都要接受采访,到处参加商务活动,这大大透支了身体健康。关节酸痛、头晕目眩、心悸胸闷、虚弱乏力、情绪波动……身体频繁出现状况。我感觉到,自己已经处于亚健康状态了!

为此,经家庭医生推荐,先生陪我找到了北京和睦家医院的著名医生邵文虹女士,请她帮我诊治。号完脉后,邵医生神色凝重,缓缓地说:"你是二十六岁的年纪,五十岁的脉象。"她建议我不要沉迷于工作,应该花些时间对自己的身体进行专门的调理。我感到医生的意见非常在理,就开始慢慢地缩减公司业务,只专注于自己感兴趣的板块,同时大幅度削减公众活动,以确保调理取得满意效果。

准备生养宝贝的准妈妈,一定要养好自己的身子。

经过半年调养,我的身体恢复得非常好,也非常顺利地怀孕了。

怀上大宝后，我请邵医生专门为我制定了身心调养计划。如每天要有二十分钟的有氧运动，微微出汗，适可而止。饮食方面，我以往喜欢海鲜和凉性水果，医生就帮我整理出一套适合孕期的合理饮食方案。邵医生还叮嘱我，要坚持吃豆腐、喝豆浆等豆制品，大豆卵磷脂对孩子助益很大。她同时指出，维生素对孕妇补充营养也很重要。

"书到用时方恨少。"在肚子里的宝宝不停折腾的间隙，我也恶补了很多孕期知识。我懂得了，孕前保健一定要做到合理饮食，多吃新鲜水果蔬菜，同时应该多吃些含硒丰富的食物，如海鲜、鸡蛋、蘑菇等。还要注意补锌，多吃鲜豆腐、豆腐皮等豆制品及鱼、瘦肉、花生、芝麻、牛肉、羊肉、奶制品等食物。芹菜、木耳、棉籽油等会降低精子活力以及辛辣的食物都应该少吃。当然，劳逸结合、注意休息、加强锻炼，这些是老生常谈了，我就不赘述了。

我在怀孕六个月的时候就开始服用钙片补钙了。鱼类应该是每天餐桌上必备的，这是因为鱼类蛋白特别容易被吸收，对孩子的脑部发育很好。瘦肉等优质蛋白也要及时补充。亚麻籽油里的 α-亚麻酸、二十二碳六烯酸（DHA）在脑神经和视网膜中大量存在，胎儿期间脑的发育是非常重要的，我怀孕五个月时候就开始补充 DHA 了。腰果、核桃、花生等坚果类食物对孕妇的营养补充作用很大，我每天都会吃一点。水果方面，怀孕前期橙子、牛油果、火龙果和葡萄是我的最爱。尤其是葡萄，它具有安胎定神的作用，是我每天必备佳品。苹果看似普通，但里面的叶酸对孩子很有益处，也要每天进食。但怀孕后期，我担心妊娠糖尿病，不敢吃太甜的水果，就选择一些口味清淡的。玉米等粗粮对于合理营养配比很有好处，肯定要定期摄入。另外，各种蔬菜更是不可或缺。

总之，备孕无小事。一着不慎、满盘皆输。孕期保健上的一个细节缺失，都可能会影响到宝宝的健康成长。所以，准妈妈应该防微杜渐、考虑周到，让爱情的果实平安落地。

chapter 2

哥哥：小骑士如何"练就"

幼小时所得的印象，哪怕是极微小，小到几乎觉察不出，都有极重大、极长久的影响。

——英国教育家　洛克

突如其来的礼物

"欲穷千里目,更上一层楼。"婚后,我没有,也不可能完全停止工作。由于已经做了六七年的管理工作,这些年也积累了一些商业经验,在此基础上,我更希望能从理论上提升自己,让未来的自己在商海中游刃有余。于是,我在积极备孕的同时,还申请了复旦—台大EMBA。

想成功申请复旦—台大EMBA并不是一件容易的事,不但要通过复杂严格的笔试、面试和考核等选拔环节,而且必须有两位国内知名企业家或

校友的推荐,方能入选。终于,克服了重重困难,我申请成功,成为当时复旦一台大年龄最小的EMBA学员——我当时刚满27岁。

入学前,复旦安排了集体拓展训练。来训练的成员都是各行各业的精英,资本大咖、管理高手云集,可谓群英荟萃。而我,因为在班里年龄最小,所以备受关照。加之我天性活泼、善解人意,人缘也好,被大家推选为我们拓展组的CEO。

开学典礼上,大家都推选我做主持。我当仁不让,接过了这副担子。

劲爆的舞曲,超酷的舞姿,当晚大家玩得很high。为了达到最佳舞台效果我还特意穿了一双高跟鞋。随着《江南Style》的乐曲声在礼堂中震撼

响起,同学们纷纷走上舞台,欢声笑语中,大跳当年最流行的骑马舞。一时间,劲歌热舞,那晚大家都玩得很尽兴。

晚会刚结束,我就飞回北京。由于身体有些不适,第二天早起一测,天哪,我竟然怀孕啦!在开学典礼上,毫不知情的我尽情唱跳,这么high的剧烈运动居然没有影响到我的宝宝,真是上天眷顾!

我和先生抑制不住惊喜,紧紧地拥抱在一起,并第一时间将喜讯告诉了双方父母,他们也为我们感到由衷的高兴。

为了呵护好上天赐给我们的礼物,就安胎事宜我特意咨询了我的家庭医生。医生叮嘱我,怀孕前三个月是绝对不能坐飞机出远门的。于是,我向学校老师请假。

我的同学们都蒙了:这是闹的哪出啊?开学典礼的晚会上还活蹦乱跳的,怎么刚开学董思阳就旷课啦?

冬天的时候,我过了危险期,才第二次进入复旦校园。校园里,遇到同班同学,他们盯着我,眼神忽上忽下,一派狐疑。寒暄作别后,我上下打量自己,也忍俊不禁。是啊,上海的冬天和北京比起来,只能称为"暖冬"。可我却穿了厚厚的滑雪裤,将自己裹得严严实实,像一只可爱的毛毛

哥哥：小骑士如何"练就"

熊，生怕别人窥视出我的些许"端倪"——要知道，凭我"女汉子"的性子，即使在严冬，我也仅穿保暖丝袜，对长裤从来都是敬而远之的。瞅瞅现在这遮遮掩掩的"熊样儿"，唉，其中甘苦，又有谁知？宝贝，为了你，妈妈也是拼了！

他们看我跟以前有点不一样，有些人终于忍不住好奇问我怎么回事，而我又不想告诉他们，只好顾左右而言他，在对自己小心翼翼的关照中期待新生命的降生——内心充满喜悦，像在等待一粒饱满果实的瓜熟蒂落，心情无比美好。

我怀孕后，先生乐不可支，对我的照顾也更为体贴。后来他即使开车的时候也如履薄冰，生怕稍微颠簸一点，令我有恙。他成天一副笑盈盈的样子，不时叮嘱保姆要"先太太之忧而忧，后太太之乐而乐"，保姆当然也一百个答应了。感动之余，我也暗叹：这真是"男儿有心不细用，只因未到用心时"啊！

我自己则更是小心谨慎，甚至到了神经过敏的程度。不夸张地说，那段日子，就是地上掉了根针，我都会紧张，生怕导致流产。

在家中静养的时候，电视台正在热播《甄嬛传》，里面有一个麝香会导致流产的情节，让我印象深刻。一天，先生突然脊背疼痛，就贴了一块膏药。我拿起包装，偶然发现里面有麝香成分，就立刻传下"手谕"：着他去东房安睡。先生讪笑着对我说："人家是'一朝被蛇咬，十年怕草绳'。你这还没被蛇咬呢，见根尼龙绳也怕。"戏谑之余，他还是照着我的安排做了。

在怀孕六个月的时候我还坚持去台湾大学上课，当时选择住在酒店里。有一天晚上，我正在洗漱间洗漱，酒店突然停电了，霎时周围一片漆黑。在这个密闭的小空间里，我顿时心跳加速，最初的几秒恐慌感过去之后，我突然想起了肚子里的宝宝。我轻轻抚摸着自己的肚皮，宝宝像感应到了我的情绪，轻轻踢了我一脚。我很快镇定下来——我的宝贝跟我在一起，他陪着我，而我则会好好保护他。

那种母子相连的感觉，我相信我这辈子都不会忘。

总之，怀孕期间的等待，短暂而漫长，甜蜜而辛劳。整个人像一根拉紧的弓弦，非常紧张；又像一个孕育作品的艺术家，兴奋之余又有点神经过敏；也像一个冥思苦想后等待灵感乍现的哲学家，专心致志，苦心孤诣，专等自己的伟大作品——小宝宝呱呱落地的那一天。

宝贝，感恩你的到来

九个月说长也长，说短很短。很快，我就临近预产期了。

这一时期，孩子的胎动越来越明显，经常乱踢乱蹬。和其他准父母一样，我和先生怀着满心的喜悦和忐忑，为了迎接孩子的到来，上上下下做足了准备。

预产期的前几天，是农历六月十九。据说，古印度妙善公主于这一天成道证果，现千手千眼观世音菩萨相，故被佛教徒尊奉为"观世音菩萨成道日"。

我们一家虽然不是严格的佛教信仰家庭，但还是觉得，若能在这一天出生，还是非常值得庆祝的。而当天又恰好是预产期的前几天，为了承迎佛恩，我们索性决定施行剖腹产。家人都觉得，这个决定是对孩子一生的祝福。

手术那天，我和先生一起走进私人看护房。他生怕我紧张，就一直在旁边安慰我，嘘寒问暖，让我非常感动。直到我进产房的那一刻，他还笑着对我说："阳阳，别紧张，有我在。"这一幕，和我结婚时先生所言何其相似，我心头涌上一阵阵暖意。

护士和医生给我做了一些术前准备，先生陪同我进入了手术间，我们都换了衣服。医生说，做剖腹产手术，先生不能进手术房。于是先生就在手术间门口默默地等我。

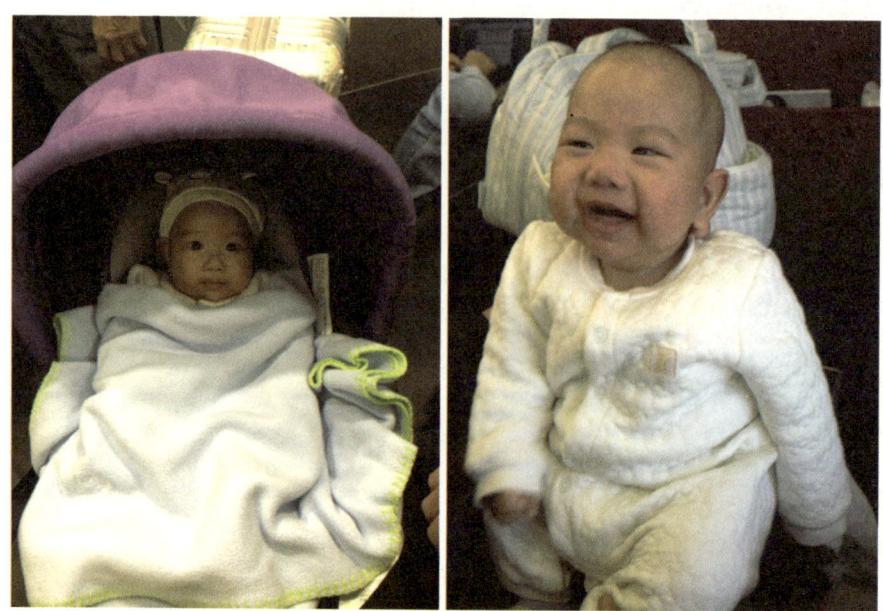

70 天的 Mitchell 去上海看外公外婆好高兴

Mitchell 百天在家举办 MICKY MOUSE PARTY

六个月的 Mitchell 去广州看爷爷奶奶过新年

六个月的 Mitchell 非常喜欢摩托车

八个月的 Mitchell 去厦门庆祝奶奶八十大寿

Mitchell 一岁在长白山，喜欢吃蓝莓和木耳

Mitchell 一岁生日在家里举办的 Party

我至今清晰地记得那一天的产房，所有的灯都散发出蓝幽幽的光，我感到冷，医生说手术需要，手术室的灯都是这样的。

主治教授、主刀医生和五六个医生围在我的身边，还有两位麻醉师问我半麻还是全麻，我说半麻，在给我推了一针麻药后，告诉我动动腿，并问我："疼吗？"

我感觉不到疼，但当他们开刀的时候，我告诉主刀医生："刀口尽量小，不要开太大。"于是他们就小心翼翼尽量小地开了个口子，可是没想到医生说："哎哟，刀口太小，头太大了，出不来！"

"要不要补一刀？"

Mitchell 一岁生日

"不要了吧!"

胎儿的头太大,出不来,于是他们直接扯,我甚至能听到肚皮被撕裂的声音,也能感受到皮肉被撕扯的触觉,但是整个下半身是麻木的,当时没有疼痛的感觉,只是后来麻药过后的痛简直无法形容。大概过了二十分钟,孩子从我的身体里面出来了,被医生拍了一下屁股后,我的宝宝"哇"的一声哭了出来。

孩子出生后,医生先抱他去洗澡,洗好后量身高和体重,印一个小脚印作纪念,之后就抱给了我。我第一次看到了我的小宝宝,他小小的、皱皱的,两眼蒙眬。我晋升为妈妈了。我轻轻地吻了一下我的小宝宝,他像极了爸爸,那么的可爱。先生被允许进来,他抱过孩子,一边拍照,一边高兴地说:"好可爱啊!"家属看护房里,家人都在焦急地等着,得知我们母子平安的消息,大家都非常高兴。之后,我被抬上手术车,孩子则被放在他自己的小车里。当我再次看到儿子的时候,看到他粉粉的、肉嘟嘟的小脸,内心幸福满溢。先生陪着我们一起回到了房间。

初为人母,辛苦、疲惫,但是我有一种巨大的满足感。在艰辛而喜悦的过程中,我获得了一种更为纯粹和真实的力量,让我重新审视我的人生,并一次又一次对自己的选择庆幸不已。

我们给儿子取名 Mitchell。

宝贝,感恩你的到来!

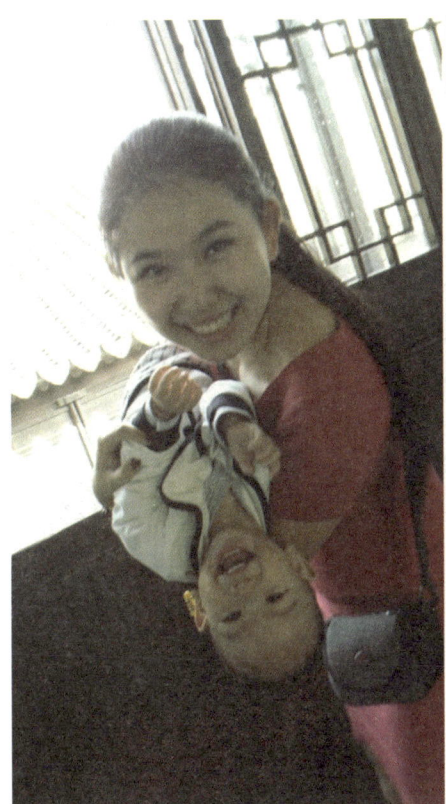

Mitchell 一岁三个月在乌镇

母乳是孩子最甜美的滋养

"母乳喂养？喂完奶后乳房会松弛下垂啊！"

"着急的时候，公共场合母乳喂养，还是挺难为情的。"

"有奶粉，谁还费那个劲！怕三聚氰胺？喝新西兰的奶啊！"

"母乳喂养？你out了！现在的'90后''95后'，照顾自己的时间还不够呢，谁会费心思给孩子喂奶？"

……

网上诸如此类的讨论，都是新手妈妈在母乳喂养中必须面对的疑惑。

美国浪漫主义诗人惠特曼说："全世界的母亲是多么的相像！她们的心始终一样，每一个母亲都有一颗极为纯真的赤子之心。"不管怎样，母乳喂养不但是符合人类天性的自然选择，是妈妈深深的母爱证明，它也是科学哺育的应取之道。

1997年，美国儿科学会发表声明指出，母乳应是所有新生儿的首选食品。

美国儿科学会建议婴儿在出生后的头六个月里应纯母乳喂养，不需添加任何辅食；母乳喂养不仅仅是一种生活方式的选择，它还是对母婴双方都很重要的一个健康保障。

2001年，世界卫生组织研究表明，孩子出生半年内，最佳的婴儿喂养方式是纯母乳喂养；婴儿添加辅食后，世界卫生组织更是建议妈妈们延长

哥哥：小骑士如何"练就"

母乳喂养到孩子两岁，甚至更长时间。

……

浩如烟海的科学研究资料证明，母乳喂养的好处不容置疑。

诞下 Mitchell 后，我毫不犹豫地选择了母乳喂养。

母乳喂养并不轻松，从某种程度上说，甚至比孕育生产更为难受。由于在哺乳期间，每天不重样的鲫鱼汤、母鸡汤、猪蹄汤之类的汤补太过，加上身体素质本身也好，我的奶水过量，宝贝喝一次就涨奶，但是用吸奶器又吸不出来，涨得非常难受。

于是我请通乳师帮忙按摩、热敷，那段时间，我们经常折腾到凌晨三四点钟。那是一种钻心的疼，有时候我疼到大汗淋漓甚至痛不欲生。有几次，甚至高烧达到40摄氏度，吓坏了家人。我妈妈实在看不下去了，就心疼地劝我："要不你就别喂了，喝奶粉也可以！"但我还是摇摇头，坚持了下来。

Mitchell 四个月大的时候，突然发生了一件奇怪的事情——他不爱喝我的奶了！医生检查之后，笑着对我说："你的奶水营养太丰富，蛋白质过剩了，孩子蛋白质过敏，所以拒绝母乳了。"无奈之下，我们只好用氨基酸奶粉喂他。

小小的教训告诉我，孕期妈妈们补充营养也要适可而止啊！

小小骑士的体能训练

"什么？出生七天你就让 Mitchell 下水？"
"这可太虐心了！"
"Yolanda，你才是当之无愧的'虎妈'！"
……

在得知我在诞下 Mitchell 仅七日，就"狠心"地将他"推"下水后，昔日闺蜜们都"不怀好意"地朝我竖起了大拇指。

也许，在一些人眼里这是难以理解的举动，但于我而言，既十分必要，也不过是小 case 一桩。

说它必要，是因为大量研究表明，婴幼儿时期就开始接受游泳锻炼的孩子，身体机能和认知能力的发展能得到很大促进，幼儿的大脑发育也得到干预，游泳锻炼还能最大限度地激发孩子的潜在能力，为宝宝以后的健康、聪慧打下基础。

说它是小 case 一桩，是因为妈妈肚子里本身就是一个羊水环境，婴儿其实可以适应水环境，从而喜欢游泳的。只要我们做好以下准备，一切都不是问题：

水温控制在 35 摄氏度左右；
每次不超过七分钟；

室内恒温；
儿歌轻柔地环绕在浴缸周围；
全程家人和保姆陪伴；
……

Mitchell 一岁半在三亚

所有的这一切,不过是我和先生精心考量过的一个完全处于安全范围内的孩子的早教游戏。

孩子们似乎对水具有天然的亲近感,Mitchell 在水中嬉戏,其乐融融。

但一次意外,彻底改变了这一切。

Mitchell 八个月的一天,我们给他换了一个大一点的游泳圈。

Mitchell 有些不适应,难以掌握好平衡。有一次,猝不及防,他的小身子闪了一下,水花溅到了脸上。Mitchell 被这突如其来的"危险"吓坏了,哭个不停。我们赶紧帮他平衡好,也算是有惊无险。

  但这算是 Mitchell 有生以来的第一次"遇险",从此,他杯弓蛇影,好长一段时期内,不但闻"游泳"而变色,就是看见家里的大浴缸、听见卫生间哗哗的流水,也一个劲地指着向我哭诉"怕、怕!"

  为了彻底消除 Mitchell 对水的恐惧,我们在他一岁半的时候带他到三亚旅游。我们希望,感受到海水的温暖后,能解除恐惧,唤起他对水的热爱。

  三亚亚龙湾,阳光海滩,一派晴柔。我们下榻的三亚丽思卡尔顿酒店里,有专门为儿童提供的亲子游泳池。

  "Mommy,不要!不要!"当我尝试着将他的脚轻轻地放进游泳池的水里时,Mitchell 立刻条件反射式地惊叫起来,小手使劲地推着我,似乎又回想起上次那难忘的一幕。

  出师不利。看来孩子的"脱敏"也需要一个过程。我们也没有勉强,就在游泳池旁慢慢给他唱歌。

  温煦的阳光洒向泳池,优美的歌谣飘过,游泳池里的水温暖怡人,

Mitchell 也小心翼翼地测试着水的"威力"。开始时,仅有一只小脚丫沾到些许水,他就哭个不停。渐渐地,他适应了水的温柔抚摸,就尝试着轻轻拍打水。最后,他喜欢上了水,动作幅度越来越大,和水玩起了游戏。

整个过程持续了一个小时。这短短的一个小时,显得那样漫长。正如阿姆斯特朗登上月球时所说,这是他个人的一小步,却是人类的一大步。Mitchell 在酒店游泳池的这一小时,虽然短暂,却从根本上改变了他对水的恐惧,使他能更好地适应环境,也是他在成长中对世界探索的一个重要节点。当然,也是对我们做父母的耐心和爱心的一次考验。

现在,我们给 Mitchell 报了一个亲子游泳班。这种亲子游泳是从澳洲引进的,要求父母陪伴孩子一起下水游泳。正因为有父母的全程陪伴,就可以放心地将孩子的救生圈摘去了——戴着救生圈的游泳严格意义上说只能算戏水,并非真正的游泳。摘掉救生圈后,旁边跟随的教练会教导孩子

哥哥：小骑士如何"练就"

怎样跳水、潜水。一般来说，训练十堂课，有些孩子就会潜水了，就能够充分体验水的魅力，在水里自由自在地游泳了。

近郊旅游，是对Mitchell体能训练计划的另一部分。

Mitchell一岁零三个月时，我们陪他游览了有着千年历史的密云古北水镇。那里有青石板的老街，清一色的古旧房屋，幽静的胡同。水镇里河道密布，在参天白杨和碧水波涛的掩映下，这里简直就是一副南国水乡的模样。

"不到长城非好汉。"古北水镇紧邻司马台长城，我们就顺路带他做了一回"好汉"。司马台长城筑于海拔千米的陡峭峰顶，以奇、特、险著称于世。站在司马台长城，可遥望到北京城。这种"会当凌绝顶，一览众山小"的感觉，让Mitchell也高兴得咿咿呀呀叫个不停。

那时的Mitchell还不会独自走路，但我们扶着他连爬带走地攀上这段古老长城后，回到家竟发现他居然会独自走路了，成了真正的小小"男子

我的二胎时代

爬长城的小小男子汉

汉",真让我们惊喜!

高尔夫运动老少皆宜,Mitchell 对它也很有感觉。

我家的后花园左侧有一坪高尔夫球果岭,全家人经常在这里野炊。白天,Mitchell 喜欢在这里玩沙子。天气晴朗的夜晚,我们可以躺在这里看星星看月亮。

我发现,Mitchell 听到爸爸在家里后院的果岭推球、上挥杆击球发出的声音,就会目不转睛地盯着看,明显流露出对高尔夫运动的好奇与关注。

Mitchell 为什么会对高尔夫球运动这么感兴趣呢?我突然忆起,当初怀上他时,我也常常观看先生打高尔夫。那击球声会让我下意识地捂上耳朵,但是马上又窃笑自己掩耳盗铃,然后又去赶紧护住肚子……我在猜测,现

后花园的高尔夫球果岭

爸爸教 Mitchell 打高尔夫

我的二胎时代

三岁的 Mitchell 第一次下场打高尔夫

在 Mitchell 之所以有如此反应，一定是收到了胎教时候的信息。我禁不住深深感叹，胎教的重要性实在不可低估。

为了满足 Mitchell 的好奇，先生索性把球杆递给他。但 Mitchell 毕竟太小，第一次挥杆就敲到了自己头上，哭个不停。还好，不算严重。几经劝慰，他也逐渐平静下来。后来，我们专门为 Mitchell 买了一副迷你球杆，倾心教他。Mitchell 练得很专注，进步飞速。

我们的后院种满了苹果树、白玉兰树和红枫树，还有葡萄架。花园里设有喷泉，池里映出葡萄架的倒影。风起时，轻柔的涟漪往往会惊得池中金鱼倏忽远逸。每到夏天，这里果香四溢，鱼跃流光，让人驻足流连。而 Mitchell 喜欢骑着脚踏车在这里穿行。

冬天，我们则会带 Mitchell 到滑雪场滑雪。

Mitchell 还喜欢去马场看人骑马。由于 Mitchell 刚满三岁，他还驾驭不了马匹，于是教练只是将他抱上马背溜了一圈。我们计划等 Mitchell 再大一些，就给他报一个马术班。我想，这些特色运动，虽然都比较艰苦，但都是一个小绅士、男子汉所应该经受的必备磨炼。

Mitchell 两岁半时，我们又为他请了一位美国网球教练。那位老师非

后院果树飘香

四个月大的"小骑士"

三岁的 Mitchell 在骑马

Mitchell 一岁五个月感受滑雪场的魅力

三岁的 Mitchell 在日本北海道滑雪

Mitchell 爱运动

常敬业,他觉得 Mitchell 太瘦弱了,就提出了一个独特的解决方案——在 Mitchell 的鞋里面垫上铝片,增加了鞋子的重量。这样,Mitchell 走路时就自然而然地锻炼了体能。这真是个聪明的主意!

乔治·桑塔耶那说:"意志力是幸福的源泉。"事实上,我们对 Mitchell 早早进行的这一系列体能训练,其根本目的,还在于培养他的意志力。一旦坚强的意志力在他内心深处生根发芽,就能帮助他抵御未来的各种挑战。

同时,这些训练能够增强 Mitchell 的体能,促使他的身体充满活力,心脏也变得更加强壮,也能充分锻炼身体的柔韧性。

我让MITCHELL早入托

怀上二宝Chelsea时，Mitchell才一岁多，我就开始纠结要不要给Mitchell找幼儿园了。因为在国内，大部分幼儿园只接纳最小三岁的孩子。我也在考虑，家里明明有很好的条件，那么早就送去幼儿园，会不会对他的心理造成压力？而且，Mitchell确实太小了，不太会讲话，自己吃饭也不太利索。去了幼儿园，他能得到像家里这样无微不至的照顾吗？

但我又想，一岁半的Mitchell虽然是一张白纸，却已经拥有了最基本的是非观念，同时这一时期也是他形成各种优良品质的关键期。及早进入幼儿园，Mitchell会在无意中模仿一些哥哥姐姐的行为动作和思考方式，相互学习会学得更快，这对培养他的自理能力也会有好处。

另外，我所接触到的国际幼儿园里，一岁半的小朋友比比皆是。有一件事给我的印象非常深刻。我的朋友Katie的孩子上了世界知名大学麻省理工学院（MIT）。在和Katie交流时我了

Mitchell 的手工作品

解到,她从小就特别注重培养孩子的自理能力,甚至孩子四岁时就可以做好早餐,然后叫醒父母用餐了。当然,西式早餐很简单,三明治就不用说了,像冲奶、泡麦片之类的,一个经过训练的小孩子其实是完全可以胜任的。而且,我的朋友中,大多数人的小孩也都是两岁左右入托的,并且这些孩子在幼儿园的成长也带给他们的父母非常大的惊喜。在 Mitchell 一岁五六个月时,我观察到他已经具备了基本的表达能力,他可以拿勺子吃饭、喝水,可以提醒保姆上卫生间。我和先生商量,孩子送到幼儿园,即使偶有不适应,老师也会帮忙,大可不必担心。

我也在想,从传统家教文化方面看,我们中国人常说"三岁看大"。幼儿园具备专业的理念、专职的老师、专门的情境,尽早送孩子上幼儿园,对开发孩子包括智力在内的全方位潜能,具有非常重要的作用。最重要的是，上幼儿园能够接触更多的小朋友和老师，孩子们在一起互相模仿、共同学习，可以极大地锻炼他们的情商，这样的环境是家庭教育所无法提供的。

因此，我觉得不应该错过培养教育孩子、开发孩子潜力的黄金期，还是尽早送 Mitchell 入托为宜。

综合考虑了各方面因素，我就开始着手寻找合适的幼儿园了。我曾考察过许多所国际幼儿学校，对其硬件设施、师资条件、班级人数、学校的安全保护措施、营养卫生、健康保障等做过精心的对比考察，确保 Mitchell 能够与国际同轨，接受一流的国际幼儿教育。终于，我找到了一家合适的国际幼儿园。Mitchell 两岁一个月时，我们送他进入幼儿园。那时，妹妹 Chelsea 刚刚出生不久。

对我来说，Mitchell 入园第一天是个难忘的日子。

刚进幼儿园，Mitchell 完全没有分离焦虑。他对什么都感兴趣，数字、字母板、字幕板……他对这些新鲜的教具非常好奇，而滑滑梯、玩沙子更激起了他的快乐。他高兴地玩着各式玩具，完全没有意识到要和爸爸妈妈说再见了。正当他沉浸在欢乐中时，老师笑着对他说："Mitchell，爸爸妈妈要走了，和他们拜拜。"Mitchell 还愉快地朝我们摆了摆手。我也强作欢颜，悄悄地和 Mitchell 说了再见。

但一出幼儿园大门，我的眼泪就禁不住往下流。是啊，这两年来，除了出差，Mitchell 从来也没有离开我的身边。先生拍拍我的肩膀，安抚我说："没问题的，我们的 Mitchell 一定可以很快适应的。"

果不其然，那天中午，Mitchell 在幼儿园睡得很好。下午，我和先生很早就去了幼儿园。我们轻手轻脚地走到门后，看到 Mitchell 在幼儿园玩得很开心，我们也稍稍放心了。

接下来，第二天、第三天、第四天……Mitchell 在幼儿园里一直过得很开心。

但第五天时，Mitchell 出现了分离焦虑。他开始意识到，每天到了幼儿园，他就要和爸爸妈妈分开了。这时候，Mitchell 紧紧地趴在爸爸的肩膀上，眼泪哗哗地流，大声地哭起来，一副依依不舍的样子。老师提醒我，让我和先生尽快同 Mitchell 快乐作别（让孩子感受到快乐，可以缓解他的分离

我的二胎时代

Mitchell 在上烘焙课

Mitchell 在做手工

焦虑,最大限度地降低亲子分离对孩子造成的情感伤害),以免拖泥带水、徒增烦恼。

我们就依依不舍地把 Mitchell 交给了老师。但离开了很远,我们还能依稀听到 Mitchell 放声大哭的声音。

回到车上。几分钟后,老师的微信发了过来。她说不必担心,Mitchell 情绪稳定了,只哭了两分钟。

看了这条微信,我们也稍微放心了些。

但过了两个星期后,中间因为休息两天,Mitchell 又开始了不适应,分离焦虑再次降临。如此几次三番,我们的心绪也不时泛起波澜。好在不久,Mitchell 也适应了这种情况,完全走出了分离焦虑带来的阴影。

是啊,做父母的,面对这种分离场景,可能会不由自主地非常伤感。但我们应该意识到,孩子入园是他们人生成长的第一步,重要而且值得祝贺。因此,家长,尤其是做妈妈的,要克制自己的感情,展现出坚强的一面,和孩子快乐地再见,以乐观的心绪感染孩子,以帮助孩子们很快度过分离焦虑期,顺利地调整自己的入学状态。

事实上,Mitchell 在国际幼儿园的表现并没有让我们失望。虽然 Mitchell 是他们班上年龄最小的,但来自国外的外教和国内专业双语幼教老

Mitchell 与国际幼儿园的同学们

师给他带来了有序的教育。他和众多小朋友在一起快乐玩耍,也学到了许多新鲜东西,还荣获了"快速成长奖"。

我曾悄悄地观察过,发现 Mitchell 开始时确实什么都不会,只是安静地坐在那里,但他的眼睛骨碌碌地转着四下观察。又过了几天,我们再去的时候,他已经学会自己吃饭了,而且像穿鞋穿衣服这些基本生活技能,虽然稚拙,但基本上都已经掌握了。

Mitchell 的老师告诉我这样一则故事。Mitchell 刚入园时,因为年龄太小,他还不能清晰地表达自己的想法,有些不适应。

有一次,老师正带着孩子们一起学唱《Five Little Ducks》:

Five little ducks,

Went out one day,

Over the hills and far away,

Mother duck said:

"Quack, quack, quack, quack."

But only four little ducks came back.

Four little ducks,

Went out one day,

Over the hills and far away
……

悠扬的乐曲中,小朋友们也开始舒缓地摇着身子,跟着老师学唱。

突然,Mitchell 变得烦躁不安起来,他焦急朝四周望望,开始用乞求的眼神看着老师,但老师并没有注意到他的异常。于是,Mitchell 从木地板上爬起来,开始满地跑,正沉浸在美妙童话王国里的老师被眼前的这一幕搞蒙了,她实在是搞不懂这个风风火火的小帅哥想要做什么。Mitchell 手脚并用,比画了半天,但很可惜,没有人能够理解他的意思。情急之下,Mitchell 从书包里拿出一个纸尿裤,把它交给老师。老师终于明白过来了:Mitchell 用他特有的方式说他要拉臭臭了。老师赶紧抱起 Mitchell,一溜烟跑进洗手间。

经过几次艰难的"沟通",Mitchell 逐步学会了"poo—poo"(英文"便便"之意)等生活必备用语,也告别了打手势交流阶段。

当我们听老师讲述完这个故事,都忍不住哈哈大笑起来。

Mitchell 尽早入托表现不错,但他的选择是否适合每位小朋友呢?我觉

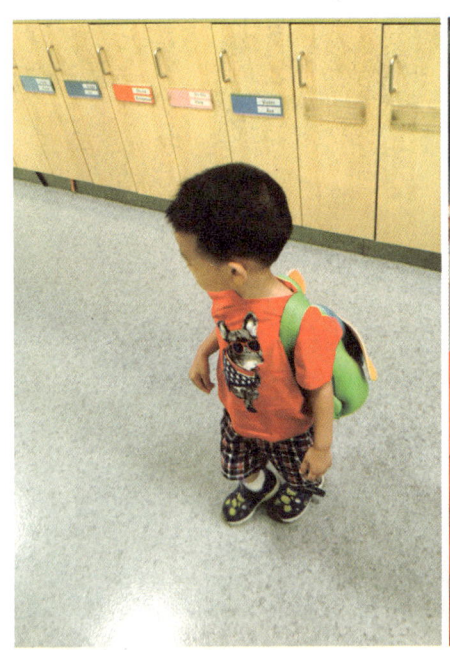

哥哥：小骑士如何"练就"

得，应该辩证地看待这件事，不能简单地思考。

事实上，关于这个问题，历来是仁者见仁、智者见智。

儿童教育专家蒙特梭利指出："儿童出生后头三年的发展，其重要性超过了儿童一生中的其他任何阶段。"从这个意义上讲，尽早入托对于孩子的智力开发也大有裨益。国外经典的早教研究表明，人的智力发展是遵循递减法则进行的，一个拥有100%智力发展可能的儿童，如果在出生后就持续地给他合适的教育，那么长大后，可能达到或接近于100%的智力水平；依此类推，如果放任不管，成人时可能达到20%。因此，智力教育开始得越早，智力的发展潜力越大。有些教育学家认为，人在本质上是社会化动物，除了智力开发，尽早去幼儿园上学，对培养孩子团结友爱、分享交流、独立自主等多种优良品质和行为习惯很有好处。在幼儿园这个社会化的环境中，孩子的学习潜能更容易被激活。孩子到了三岁或者三岁半时，自我意识更强，这时送他上幼儿园，他可能不愿意去。反倒是那些年龄更小的孩子，不会有太强烈的分离焦虑，适应能力会更强。但凡事都有两面性。

但另一些教育学家则认为，幼儿的潜意识发育尚未成熟，过早入园可能会让他们产生恐惧。到底何时入园，应该顺其自然，尊重孩子的发育情况，根据自己孩子的性格特点来决定。所以，Mitchell虽然入园较早，但我并不认为孩子入园越早越好，妈妈们还是应该根据自己孩子的具体情况，选择合适的入园时间，思阳不做特别的推荐。同时，需要着重提醒家长朋友的是，早教的关键还是家庭。对于孩子来说，父母是孩子的第一任老师，家庭是最重要的，这是任何学校、任何老师都无法取代的。

培养孩子的独立意识

　　培养孩子的自理能力很重要。幼儿园的老师会有意识地培养孩子做家务,Mitchell 经常回来和我们分享,今天他给小朋友们分了水杯,分了刀叉,摆好了鞋子,帮着老师拖地了,等等。这些事情很小,但都是 Mitchell 必须要做的事情。

　　我在三楼给 Mitchell 准备了一个卡通睡屋——这是个闪烁着海底世界光芒的房间。打开灯可以听到轻柔的流水音乐。Mitchell 现在已经三岁了,我特意让他独自在这个房间里睡觉,这样可以培养其独立意识。房间里安有 24 小时监控摄像头,确保他的安全。

　　现在,我们家的一些家务也已经实行了民主分配,每天晚上会特意留出一个碗让 Mitchell 负责清洗。

　　有一次,我对保姆说:"阿姨,你让 Mitchell 去洗碗吧。"保姆面有不忍:"太太,您是我见过的比较另类的妈妈。在你们家,让这么小的 Mitchell 洗碗,别说您,就是我看着都心疼。"

　　我认真地对保姆说:"阿姨,您这么想不对,让 Mitchell 洗碗是对他最好的锻炼。洗碗有三点好处:第一,适当的家务可以培养 Mitchell 的自信心。自信心不是夸出来的,而是做出来的。当孩子完成一个任务时,他就会得到一个自信心。第二,让 Mitchell 知道什么是责任感。现在,他是家里面

的一分子,将来,他会是家族的顶梁柱,他应该从小就具备责任的意识,将来为家庭分忧解难。第三点,洗碗虽然看上去不是什么大事,但要让他明白,每一份劳动成果都必须得到尊重和珍惜。"

保姆听了,连连点头称是。

在这种思想的指引下,我们在各方面都有意识地锻炼Mitchell的独立意识和自理能力。

我特意叮嘱保姆,在扔纸尿裤等垃圾时,要注意分类。纸尿裤应该扔到洗手间而不是厨房的垃圾桶,但瓜果的切皮就必须扔在专门的厨房垃圾桶里。耳濡目染,Mitchell从小就养成了垃圾分类处理的意识,然后推而广之,像玩具、绘本等,他玩完读完,都会放归原处,而不会坐等保姆帮着收拾。

我在冰箱的低层或房间里低矮的桌子上,放置了Mitchell能够得着的盛放果汁和水的小量杯。浴室里,我为孩子准备了适合他的个人卫生用品和垫脚凳,让孩子能自己使用浴室里的设备。

好的习惯会影响孩子的一生。当孩子形成了独立自主的意识,培养起自理能力,学会为自己的行为负责时,他会自然而然地抗拒那些不良习惯。

让孩子做事"有始有终"

作为公司管理者,我非常难以忍受那些做事拖泥带水、丢三落四的员工。

有时候公司开完会后,我会下意识地查看会议室。会议桌上不时会有员工离开时忘带的书本或信笺,还有一些废纸。有时,这些小细节会让我不悦。遇到这种情况,我会检讨,为什么有些人做事总是干净利索、有始有终,而有些人只会做那些主要的工作,其他工作却要让别人来收尾?有时,我会更进一步思考,似乎我们每个人对于"有始有终"的理解都不完全相同——有些人的"有始有终"只是把最后重要的工作做完;有些人的"有始有终"是将一个任务完整收尾;而另外一些人"有始有终"后,还会着手安排下一步工作。那么,所有的这些人,在从小的家教方面,究竟是怎么被培养出不一样的习惯的呢?

我发现,0~2岁的孩子,更容易接受高频率的条件反射式的学习,这时候很适合培养他们做事情"有始有终"的习惯。吃饭是孩子生活中一个高频率的学习行为。这件看上去非常简单的事情,里面蕴含了不小的学问,需要家长把目光放得长远,更智慧地看待这件事。比如,孩子能不能吃干净碗里所有的饭?吃完饭后,孩子会不会清理面前的桌面?饭后,孩子会不会把自己的碗筷放入水槽、洗净碗筷?等等。所有这些细节,都考验着孩子是否能有始有终地做好一件事情。

Mitchell 在星巴克排队买咖啡

  对那些 2~3 岁的孩子，还可以让他们参与盛饭端饭、摆放碗筷等膳前准备工作，让孩子根据自己的食量盛饭，饭后清理面前的桌子，最后将碗筷放入水槽、擦嘴、洗手。当这样的作业流程被反复习得后，孩子的潜意识中就会无意识地形成"有始有终"的习惯。类似的场景还有很多，比如便后冲水洗手、玩完玩具放回原处、洗脸刷牙后清理洗手台，等等。

  为了进一步强化、培养 Mitchell "有始有终"的习惯，我甚至拿出专门的时间来训练他。

  在那个特定的时间段，Mitchell 可以根据自己的兴趣，制定一定的规则，选择他喜欢的玩具。但我也"参与"了规则制定——每玩完一个玩具，Mitchell 需要放归原处。

  Mitchell 特别喜欢几盒积木，玩腻了后，他想换些别的玩具玩，就把积木都放到原先的盒子里。但是，当积木被横七竖八地放进去后，盖子没法盖住。Mitchell 只好把积木一块一块地重新拿出来，然后试着调整位置。

  我看到，为了能盖好盖子，Mitchell 放回积木所花费的时间，比他玩积木的时间还要长很多。但随着习惯的养成，整个"乏味"的流程中，Mitchell 非常从容，并没有出现焦虑的情绪。这时我明白了，当他完全接受这种"有始有终"的习惯后，面对那些让人焦躁不安的事，他也能从容应对了。

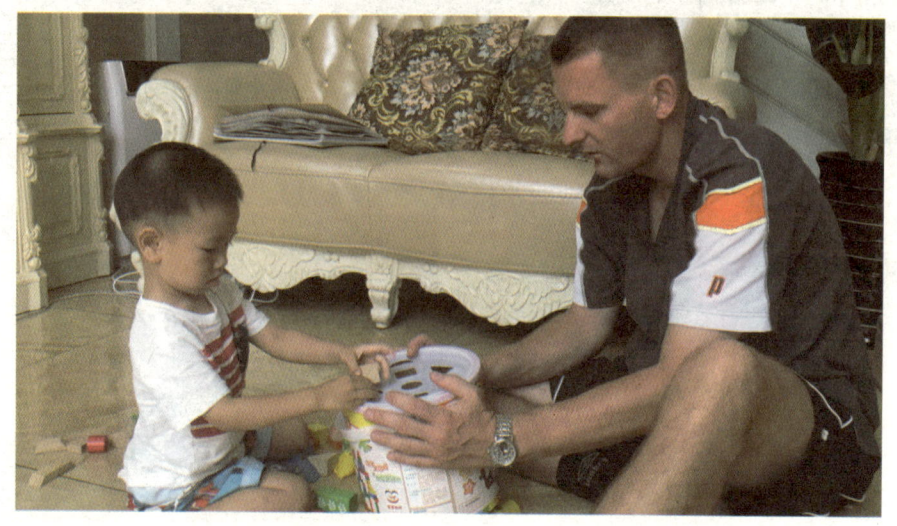

好习惯养成后,往往会给妈妈带来惊喜。

有一次,我约一位媒体朋友下午四点半在别墅进行采访。三点时,我开车去接 Mitchell。当时,Mitchell 正在幼儿园里玩开车游戏。

在孩子们的欢声笑语中,我蹲下来,对他说:"Mitchell,我们得赶快走了,记者阿姨快到家了。"Mitchell 按下刹车,对我说:"妈妈,你等我一下,我一会儿就过来。"我知道 Mitchell 不是个爽约的孩子,于是离开操场,折回校园的停车场等他。

三分钟后,一阵哭闹声把我惊动了。

听到是 Mitchell 的声音,我赶紧打开车门,探出身子看究竟发生了什么。

只见保姆抱着 Mitchell 小步跑了过来,满头是汗。而 Mitchell 正使着吃奶的力气推搡着保姆,带着哭腔说着什么,似乎在挣扎着想要摆脱保姆的怀抱。

我赶紧下了车,从保姆手中接过孩子,问 Mitchell 发生了什么事。

Mitchell 抹着眼泪告诉我他还想玩。我看了看表,对他说:"好,记者阿姨还没打来电话,你再回去玩一会儿吧。"

让我诧异的是,这次没过两分钟,他们又回来了。

但这次是两个人都满面笑容地回来了。

我奇怪地问保姆:"阿姨,Mitchell 为什么非要再玩一两分钟才回来?"

哥哥：小骑士如何"练就"

"嗨！别提了，我们误会 Mitchell 了。原来他是要把汽车放回原处。刚才哭得那么伤心，是因为他玩完汽车游戏后，我着急要接他出来，就强行把他抱了起来……人家不依，哭闹个没完，原来意思是说这件事情还没弄完，他不能扔下这个烂摊子就走……"

我这才恍然大悟，也为自己的心思没有白费而感到高兴。

培养孩子的数理逻辑

"One, two, three, four……"

Mitchell 一岁半前,先生晚上开会回来,会经常看见我带着 Mitchell,利用上楼梯的机会教他学习数字。这一幕看久了,我先生会打趣:"看来,不久的将来,我们家的商务研讨,Mitchell 也可以列席了。"

孩子对数学特别敏感。看到"1、2、3、4"的字样,他就忍不住过去要摸一下。那时,他刚学会走路,还不太会上台阶。我就拉着他的手,每天上台阶时数台阶。one 是一个台阶,two 是第二个台阶。几次母子互动后,我也终于发现,原来我们家的台阶有两个阶梯数:21 和 22。

经过一段时间的反复训练,现在 Mitchell 基本上应对 1~20 的中英文数字毫无问题。100 以内的数字也已经初具概念。这一切,都是我利用上下楼梯的当口,在锻炼他肌肉的同时顺便教的。Mitchell 从一岁开始就特别喜欢坐电梯,我们利用他坐电梯的习惯,让他自己摁"1、2、3、4、5"的楼层指示按键,久而久之,Mitchell 就会记住这些数字。同时,也帮助他理解了"上""下"这两个方位词的含义。

一个拥有清晰的数理逻辑的孩子,将来才能更加快速而从容地解决棘手问题。数理逻辑是比较抽象的思维,数学学习是发展思维能力的重要途径。但如何让孩子顺利掌握数理逻辑,却是一件颇费脑筋的事。积累了大

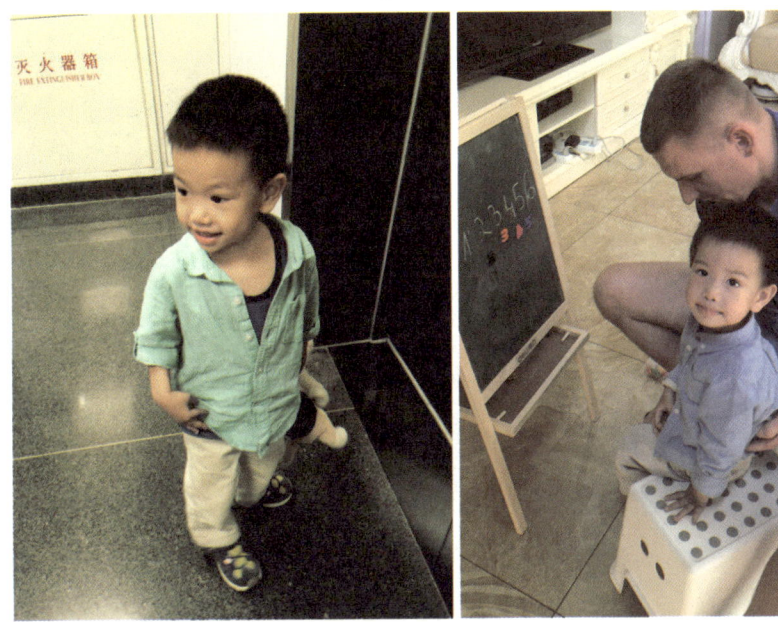

Mitchell 通过坐电梯学习数字

量的培养 Mitchell 数理逻辑的经验后，我认为，良好的数理学习素质的养成至少有一半靠家长。家长必须思考，如何让孩子积极地想、愉快地做，达到开发智力、培养能力的目的。

由于数学很抽象，好多家长给孩子辅导数学，可能会生硬地告诉他，这是"1"，那是"2"，逼迫孩子去记和写，或者一味地强调做题。时间久了，孩子容易厌烦。其实家长可以从形象生动、色彩鲜明的日常物品入手，逐渐引导孩子认识事物背后抽象的数学属性。

在这种思想的指导下，我在日常生活中随时随地对 Mitchell 进行数学启蒙。有时候，我会在纸上写"1"字，告诉 Mitchell 这像一支笔，写上"2"字像小鸭子，还有"3"像耳朵……让 Mitchell 通过形象来记忆。晾衣服时，我让保姆说"宝宝衣服小，爹地衣服大"。吃饭时，我会一边摆餐具一边说："家里一个人一个碗，一双筷子。"让他意识到数量概念。当 Mitchell 有了大小的初步概念后，家里的日历、门牌号甚至电话号码都是数理启蒙的好道具，我也会引导他从家居摆设中寻找有哪些几何图形。

我还从很多锻炼孩子动手能力的活动入手，激发孩子学数学的兴趣。比如，我经常和 Mitchell 一起数数。我会点着他的手指或脚指头从 1 数到

10。孩子还小,对音乐很敏感。我会特意挑些有数字概念的英文歌给他唱,比如:"Four little, five little, six little Indians……"里面既有数字,又有字母,还有活泼的韵律,孩子对数字的感受就会更敏锐,也可以轻而易举地学会。

我会按 Mitchell 的理解能力帮他将玩具分类。比如将小轮船和小火车一块儿拿出来,把小的玩具熊和大的玩具兔分别取出来,然后数一数,每种有几个。饭前布置餐桌,我会让 Mitchell 帮大家分配碗筷,让他学习数字概念。

在培养孩子认识数理图形方面,我也会思考如何将抽象的逻辑思维进行形象转化。比如,通常我会在纸上画一个几何图案,叫 Mitchell 说说像什么。比如,画一个圆,让他去想象。有时,Mitchell 会说像妈妈漂亮外衣的纽扣,像圆圆的月亮,像饼干之类。

我还经常带着 Mitchell 随机做游戏,比如,让 Mitchell 指出屋里哪些物体是圆的,哪些是方的。有时我用搭积木的方式帮他拼成一个全新的几何图形。不管他怎样回答,只要是圆的,我都会鼓励他,不管说什么都对,而且说得越多越好。我还会设定一些游戏帮 Mitchell 理解上、下、远、近的概念；用大小不同的杯子盛上水来帮助他了解"量"的概念。有时，我会和Mitchell比赛，看看我俩谁的身体可以缩得最短或者伸得最长。

关于金钱，很多家长都觉得不应该和小孩子谈钱，但是我们从小就注意对孩子"财商"的培养。Mitchell似乎天生对钱感兴趣，为了进一步培养他的财商，儿子刚一岁，我就专门给他买了个钱包和储钱罐，里面放着各种硬币。我每周都会带Mitchell去超市采购一次，由孩子刷卡结账付款；或者把现金交给他，让他自己去收银台找回零钱。通过类似的实地操作，我会告诉Mitchell钱有什么作用。

方向感是数理逻辑观念的自然延伸，作为一个男孩，具备好的方向感显得尤为重要。我经常利用开车的机会训练Mitchell的方向感，通过"左转、右转、前进、后退"概念的反复灌输，让他拥有基本的方向感。去超市或者公园时，我会有意识地问他："Mitchell，你觉得妈妈的车应该停在哪里？"Mitchell会提出一些合理或不合理的建议。一一点评后，我们选定一个地方停好车，然后我说："妈妈停在这里。现在，妈妈停好了，你帮妈妈记好位置啊。"返回的时候，我会问他："Mitchell，还记得妈妈的车停在哪儿了吗？"他就会眨巴着眼睛，竭力回忆。

孩子总会对自然界的种种现象产生好奇，简单的科学文化教育是培养孩子数理逻辑的题中之意，我认为家长还应该抓住一切机会、甚至自创情境对孩子进行科学文化启发，既必要，又充满了谐趣。

Mitchell 通过数楼梯认识数字

去年,社交网站 Facebook 的创始人兼 CEO 扎克伯格在继女儿出生时捐了 450 亿美元后,又干了一件吸睛的事儿——新晋奶爸的他在 Facebook 主页上公布自己和太太在给八个月大的女儿 Max 读一本《给宝宝的量子物理学》(Quantum Physics For Babies)。许多人也抱着好奇的心态去翻看了这本书,很多人自嘲:"看不懂这本书有两种可能,要么物理不好,要么英语不好。"

据我所知,扎克伯格是一个非常低调的人,但为了他的"小公主",也是蛮拼的。对,那本薄薄的书既不是当年妈妈给我讲的《狼和小羊》,也不是我读给孩子的《米奇妙妙屋》,而是最尖端的量子物理学——当然,那是一本简化了的低幼绘本。

有一天,我怀着好奇,买了这本书。

质子、原子、电子、离子……光怪陆离的微观世界以简单的图文形式呈现在我面前。瞬间,我的脑海里浮现出一种"这个世界竟然已经这样了"的感觉。

其实,所有的妈妈都不必和我一样大惊小怪。因为,这些年美国一直强调给孩子们普及 STEM 教育。

STEM 教育:Science—科学、Technology—科技、Engineering—工程、Maths—数学,这几个美国人一直领导世界的科技前沿,也放下身段,开始"从孩子抓起"!家长、学校、各类跟教育相关行业都想在这个领域大显身手。

哥哥：小骑士如何"练就"

现在欧美的幼儿教育领域，出版了许多数理化绘本，目的是用低幼年龄段孩子能够理解的语言来科普一些科学现象。同时，美国的家教市场也非常流行重力迷宫、电路板和建筑用积木等玩具。这些风潮的出现，就是扎克伯格给八个月大的小女儿读量子力学绘本的大背景。

家长和孩子们一起读这些科学绘本，不是让他们掌握这些高深知识，而是在他们幼小的心灵里种下一颗颗种子，告诉他们，这个世界有多大、多广、多深邃、多神奇……我们相信，现在的这些努力都是值得的，因为总有一天，这一粒粒种子将会发芽结果。

比如，有时我会端着从冰箱里拿出来的塑料方格，让Mitchell问厨房里的保姆要一片苹果，然后到后花园里面找一些小石子和白玉兰花树叶。将它们放置在不同的格子里后，给其浇水，将水盛满格子。

"Mitchell，帮妈妈一下。"我让他打开冰箱的门，将这个格子放了进去。

"妈妈，这是要干什么呢？"Mitchell觉得这件事情非常新鲜，他像一只快乐的小鸟一样叽叽喳喳地问个不停。

"Mitchell，我们要保持耐心，我们晚上再过来，看看冬天窗棂上的冰花，还有你夏天里最爱吃的 ice cream 是怎么形成的。"我笑着摸了摸 Mitchell 的头。

整整一个下午，Mitchell 不时去查看西沉的太阳——他已经知道，太阳落山后，晚上就会到来。而吃晚饭的时候，他也不忘拿着筷子问我："妈妈，吃完饭后你可以让我打开冰箱了吧！"

孔子所说的"不愤不启，不悱不发"，大概就是 Mitchell 现在这个样子吧。

好容易挨到饭后，他放下筷子，"噌"一下子就跑到冰箱跟前，打开了门。

"咦！妈妈，这是什么？"他指着冻在冰箱里的方格，回过头问我。

"自己看看。"我微笑着鼓励他。

Mitchell 小心翼翼地端出那个方格。他发现里面的东西都变成硬块了。Mitchell 好奇地摸了一下，赶紧将手缩了回去——他感觉到了凉。"咚、咚、

Quantum Entanglement for Babies

by Chris Ferrie

《给宝宝的量子物理学》

咚"他又跑回来取了一只筷子去敲那个硬块。

"妈妈——这个水又冷又硬啊！"Mitchell惊呼起来。

到了我大显身手的时候了！于是我跑过去，展开了凌厉的"科普攻势"。

我蹲下来，微笑着告诉他——水可以结成冰。

然后，我又顺势而为，让他把冰块放到碗里，我往碗里注入了热水。冰在一点一点地变小，不住地消融，直至与水化为一体，而冰块里的树叶这时也逐渐显露"真容"。

"这是为什么，妈妈？"Mitchell拣出一片树叶："这是早晨我找的那片树叶吗？"

我说："对！你的树叶就在冰块里，冰受热后变成了水，你自然能把树叶取出来了。"

"冰、水、热……"Mitchell盯着手里的树叶，若有所思嘀咕着。

通过这个有趣的游戏，Mitchell对水、冰等自然现象有了初步的感性认识。

关于数理逻辑方面，我也非常愿意分享一下国外幼儿园的教育方式。他们给你出题的目的不是要你记什么概念和公式，而是侧重于提升你理解和解决问题的能力，通过解题来锻炼孩子的逻辑推理能力。比如理解"b2"，国外会怎么教学呢？他们会专门给学生设计一个b2的教具和模型，以便于学生快速理解。他们实行开卷考试，考试时会给列出好多相关公式，应试者可以直接使用。往往学生答完题，也顺带理解了相关公式了。

国外教育特别强调实际应用。他们的每一个案例、每一道试题，都是为了解决生活中的实际问题。一个西方人，他可能不会背乘法口诀，但他会用计算器（在国外考试是可以用计算器的）解决问题。就在这样一些不会背乘法口诀的人中间，诞生了世界上最多的诺贝尔数理奖获得者。

需要指出的是，一般孩子第一阶段的数字敏感期是3~5岁，有的孩子会来得早些，有的会来得晚些，家长不要心急。

和孩子一起烘焙幸福的味道

"太太,你说你挑战什么不好?干吗要尝试五星级酒店大厨的拿手绝活啊?"保姆一边帮我拭掉额头上的汗,一边怜惜地说。

"已经答应Mitchell了,一定要让丑小鸭变天鹅。明天还要送给班上的小朋友和老师呢!"我微微呼了口气。

"您这是要让那些专业的西点师傅失业啊!"保姆笑着递过打蛋器。

我启动打蛋器,很快就将蛋白搅匀了。我分多次少量地加入打散的蛋液,对保姆说:"拿出去的东西总要精致吧!"

"好吧!可是我们什么忙也帮不上,实在是惭愧。"保姆不好意思地说。

"你们是越帮越忙。没事,到客厅歇一会儿吧!"我笑着对她说。

保姆道声抱歉,赶紧将厨房的门轻轻带上,轻手轻脚地离开了。而我,则继续这项艰巨的工程。这个工程叫作"天鹅泡芙"。

熟悉西点烘焙的人都知道,天鹅泡芙无论从选材还是制作难度,都是公认的西点极品之一。没有相当的技巧和毅力是很难做出来的,更重要的是,没有"一定要做成功"的强大动力,天鹅泡芙可能会变成丑小鸭泡饼,徒留笑柄。

"增之一分则太长,减之一分则太短。"做泡芙时,天鹅的脖子要立起来非常有难度。它很软,而且烤过头就会变焦,烤软就会塌下去,火候太

天鹅泡芙

难把控。还有，浇奶油也颇具挑战性，奶油既不能过多，也不能太稀。太稀就粘不住。真是考验人啊！

就在我屡败屡战，屡试"不爽"之际，Mitchell 轻轻推门进来，他的眼里洋溢着"希望"的流彩。

"Mommy，鸭鸭，鸭鸭。"他好奇地闻了闻奶油。

"小帅哥，这是天鹅，可不是丑小鸭。"我笑着对他说，"你应该像妈妈一样有耐心。"

"好的。等大天鹅都做好了，我一定会带它们到幼儿园去，让它们和 Adam 一起玩——他是我最好的朋友！"临走时，Mitchell 忘不了再三向我强调。

"放心吧。"我淡淡地笑了。

Mitchell 蹦蹦跳跳地走了。

功夫不负有心人。一次次的坍塌，一次次的烤焦，一次次的失败之后，我终于拿捏到了天鹅泡芙的火候。一个、两个、三个……很快，六小时过后，几十个美丽的天鹅从烤箱中蝶变而出，似乎相互交颈低语，共诉款款深情。

给 MC 宝宝做蛋糕

哥哥：小骑士如何"练就"

"哇——"保姆们被香味所吸引，也围了过来。她们看到这一款款优雅的天鹅泡芙，不禁惊呼起来："太太，你真是了不起！这么高难度的西点也能做成！"

最让我开心的是，我的小 Mitchell 拿起一个，吃了一口，忍不住亲了我一口，一边嚼一边说："Mommy，这是天鹅，是天鹅！"

我揩掉颊上的奶油和碎屑，也回吻了他："亲爱的 Mitchell，只要丑小鸭愿意，她就一定能变成大天鹅！"

后来，这批天鹅泡芙被如约送到了 Mitchell 班上，让 Mitchell 的同学、老师们一起分享。老师们赞不绝口，一个劲儿地夸我为了孩子付出很多。

看到 Mitchell 在同学们面前自豪的样子，那一刻，我心里别提有多高兴了。

细细回想我的烘焙之路，也非常不易。

之所以想做西点烘焙，主要是因为每次带他去酒店，他都特别喜欢蛋糕的味道，看着他那着迷的样子，我暗暗下定决心：要像那些美食达人一样，在家里为 Mitchell 做出一道道西点大餐。

说起来容易做起来难。我生下 Mitchell 时，还是个不进厨房的小女子，只是偶尔做一下色拉，煎个三文鱼、鹅肝，烤箱更是从来也没用过。

但拿定主意后，我就从储藏间里专门翻出买了三年没用的烤箱说明书，认真读起来。现在还记得，我第一次使用烤箱，给先生做了生日蛋糕。

尝到成功的甜头后，我一发不可收拾，从给 Mitchell 做最喜欢的提拉

蛋挞

米苏开始,和他一起做过比萨、蛋挞。在感恩节里,我们也烤过火鸡,圣诞节一起做过圣诞大餐。

我感到,亲子烘焙如果运用得当,确实是非常好的家教方法。因为在整个烘焙过程中,妈妈和孩子一起动手,让孩子在制作西点烘焙的过程中,舞动十指,揉揉、敲敲、打打,在创意的空间里自由翱翔,共同完成精美的作品。香甜美丽的西点作品,会树立孩子的自信心,培养他们的耐心,鼓励他们养成追求完美的价值取向,提升审美情趣,好处多多,不可胜数。

亲子烘焙可以培养孩子的观察力。Mitchell在和我一起做蛋挞的过程中,每隔三分钟就会到烤箱门口去看看。他发现蛋挞刚倒进去的时候只是鸡蛋清,慢慢地,就会一点一点地高起来、浮起来,在这种趣味的观察中他知道了一些食物是怎么由生变熟的。

亲子烘焙还可以培养孩子的专注力。2015年圣诞节,我给家人办了个圣诞Party,Mitchell全程目睹了各种圣诞树的复杂的制作过程。他看到了黄瓜外面扎了无数牙签,靠着牙签串成了圣诞树;蔬菜圣诞树的树枝是土豆泥外面堆着西兰花、红萝卜和草莓做成的;还有一个圣诞姜饼屋,做起来比天鹅泡芙还难。保姆越帮越乱,我一个人弄了足足一天才做好。光是烤完之后的涂色就很不容易——你要把所有的食用颜料买齐,然后让Mitchell帮着用蛋糕裱花器仔细裱涂。裱涂并不容易,一不留神就会弄花。我握着Mitchell的手一点点地教他裱,在合成姜饼屋时,又教他用奶油一个一个地往上粘。如果姜饼没有干透,很容易就裱糊了。这还不是最难的,最让人崩溃的是,因为模具没买好,一搭就倒了……你知道,这一切对于一个烘焙新手来说是颇具挑战性的。

费了很多工夫,我们终于把姜饼屋和圣诞大餐做好了。等到客人们一个个到场,都对精致的圣诞树赞不绝口,纷纷在圣诞树前合影留念时,我和Mitchell都觉得我们的付出特别值得!

亲子烘焙可以培养孩子的细心。由于先生是美籍华人,在美国学习生活多年,按照传统,这一天都是家庭主妇自己烤火鸡。可现在的美国家庭,至少有一半人都是去外面买火鸡的。为什么呢?因为火鸡太难烤了,极其考验人的耐心。往年的这个时候,我们也都是买了火鸡,蘸一点蓝莓酱和苹果派随意吃点。但自从生了Mitchell,我也开始亲自动手,在家里学习烤火鸡了。烤火鸡至少要花费二十四个小时——买料、钳、腌、鸡肚子里塞苹果、鸡身抹酱、为火鸡按摩。给火鸡按摩是非常有讲究的,我曾花了

烤火鸡

不少时间专门进行了研究。事实上,无论是做火鸡还是其他肉类,都需要先进行按摩。按摩的目的是放松鸡肉,便于吸收作料,腌制更入味,同时,按摩后的肉入口更加松软筋道。

火鸡要腌够十二个小时才能入味。十二个小时之后,如果作料没有被完全吸收,那么对不起,你必须重来一次。等火鸡肉吸收好作料,就可以开始上炉烤了,这个环节大概用时八个小时。为了鸡身受热均匀,防止烤糊,也为了更好地入味,火鸡在烤制时全身要用铝箔纸包裹好再放入烤炉。烤好后要摆盘,将中国橘、葡萄、南瓜按照一定的色彩搭配、祝福寓意等进行有序的组合陈列在火鸡周围。桌布也大有讲究,春天是绿色主题的,感恩节是红色主题的,所配的每一个盘子的造型都有讲究。蜡烛灼灼,鲜花馥郁……无数道繁杂工艺之后,一顿感恩节大餐才算做好。

在这个漫长而复杂的过程中,我们每个人的每个细胞都被芳香所诱惑,

法式香煎鹅肝

圣诞大餐

提拉米苏

充满了期盼和希望！为家人制作大餐的过程，也是我跟 Mitchell 的温馨亲子时光。鲜花、摆盘、餐布、蜡烛……这无数的细节布置，没有超常的耐心，是很难成功的。

亲子烘焙可以培养孩子的耐心。奶油难打。我第一次打奶油时，并没有买电动打蛋器，我和保姆轮流着打。要命的是，打奶油必须保持一定的速度，才能达到黏度要求。一小时下来，我的手都酸了。我一边甩着手，一边对保姆说："阿姨，看来下次我们真得买个电动打蛋器了！"可是电动打蛋器也没有帮我减轻多少劳动量。第一次使用就把鸡蛋打成了稀汤。我们忍俊不禁，原来是速率调过头了，三番五次后才算初步掌握了火候。而在此过程中，Mitchell 也从开始的三五分钟就跑来问一句"Mommy 好了没"，到后来安安静静坐在那儿看我们忙活。Mitchell 真的变得有耐心多了。

亲子烘焙可以增进母子感情，实现温馨家教。孩子在烘焙的成功体验中，可以找到自己的人生味觉，增进与父母之间的感情，让亲子关系更加亲密，从而激发孩子们对生活的热爱。

有一次，我、Mitchell 和先生一起做比萨。我告诉 Mitchell，做比萨时

一起做比萨

我们要把坯子烤好，然后铺辅料。第一层铺培根，第二层铺洋葱，然后铺番茄，再次铺青椒圈，最后再洒芝士粉。Mitchell和我们一边洒一边为我们唱他在幼儿园学会的新歌。在比萨进入烤箱后，Mitchell总是忍不住时不时地跑过去闻一闻飘溢出来的香味，还学着唐老鸭的腔调说："味道好极了！"全家人被逗得哈哈大笑，那种幸福感真的很温馨。

所以，烘焙看上去似乎和家教无关，但事实上它不仅仅是美食甜点的味蕾享受，更是一种快乐、一种陪伴、一种"润物细无声"的教育手段。整个过程，孩子们都会观察和感受到妈妈的所有用心。多年以后，也许你的宝贝儿女早已将那些书本教条抛到脑后，但他们永远也忘不了父母和他们一起度过的那无数个热腾腾的烘焙时光。

让我们系上围裙，挽起衣袖，和宝贝们一起，尽情享受烘焙给我们带来的幸福和满足吧！

chapter 3

妹妹：小公主的养成

儿童心灵上的许多烙印，都是成人无意间烙下的。我们对儿童所做的一切都会开花结果，不仅影响他一时，也决定他一生。
——意大利幼儿教育家 蒙特梭利

小公主意外降临

Mitchell 的出生，为我们家增添了许多欢乐。

正当我们沉浸在无与伦比的幸福中时，突然有一天我感到身体有些不适，出现了恶心呕吐的症状。我心下怀疑，用试纸一检测，怀孕了！为了进一步确定此事，先生陪我去照了 B 超。B 超单最终确定我真的怀孕了！

怀上二胎实属意外，但我和先生却非常开心，毫无纠结，没有任何犹豫地接受了这个事实。好事成双。在我们眼里，拥有二胎无疑是一件非常幸福快乐的事。对于女人来说，家庭才是我们的归宿。事实上，这个世界上最明智的女性一定是以家庭为主的，所以生二胎，也自然成了我们的追求。

许多女性在生孩子这件事上患得患失，怕身体发福走形，怕养育孩子辛苦，尤其对于二胎，更是慎之又慎。我觉得，这样的担心实无必要。我以为，孩子虽然不是现代女性的全部，却是家庭很重要的一部分，能拥有二胎，真是一件值得感恩的事。但随之而来的，是我必须考虑抚育二胎和个人事业奋斗乃至自由生活之间的冲突问题了。

曾经看过这样一则故事：春光明媚的日子里，渔夫没有出海捕鱼，却在沙滩上晒起了太阳，舒适而惬意。富翁很好奇，和渔夫交流之后，目瞪口呆地发现，自己忙碌一生也不过是为了更舒坦地晒太阳，而渔夫早已在

妹妹：小公主的养成

哥哥和出生百天的妹妹在一起

幸福地晒着太阳了！

　　从某种意义上讲，女人可以选择成为那位幸福的渔夫——当我们拥有了几个健康、智慧的孩子，就已经拥有了一笔巨大的财富。和这笔珍贵的财富相比，女人所有的付出都是值得的。

　　五个月后，我就感觉到肚子里隐隐作痛，先生陪我去做检查的时候，医生告诉我们，之所以会出现轻微疼痛，那是因为宝宝在我肚子里转身或者伸懒腰的时候不小心扯到了脐带。她建议我疼痛的时候，用手轻轻抚摸一下肚子，就会大大缓解疼痛。同时医生向我恭喜——四维彩超显示，我肚子里的宝宝是个女孩。

　　我和先生更是乐不可支，赶紧打电话给双方的父母，他们也非常欣慰，为我们感到由衷的高兴，一个劲儿地说"生个千金挺好，这下终于'好'事成双了"。

　　回家的路上，我一直轻轻抚摸着肚子，似乎能感受到肚里翻转打滚的小生命那想要降临人世的急切渴望。我对自己说，我的"小公主"就要来了，就让我和先生张开怀抱，快乐地准备迎接她的诞生吧！

　　后来，先生告诉我，那一刻，他看到了我眼里洋溢出来的温暖，那是充斥着母性光华的神圣之光。

　　于是，我又放下了许多商业计划，开始了我的安胎历程。

怀上"小公主"后,也发生了一些趣事。

有时候,我会让 Mitchell 抚摸我隆起的肚子。"这是谁呀?"我笑着问 Mitchell。"这是妹妹!"Mitchell 指着我的肚子,回答得很干脆。后来,我的肚子越来越大。Mitchell 经常主动走过来,摸着我的肚子叫:"妹妹!妹妹!"有时,他还会亲亲我的肚子,让我忍俊不禁。

我经常拿出绘本,给 Mitchell 讲一些两个宝宝和谐相处的故事。通过这些有趣的故事,Mitchell 知道了什么叫"妹妹"什么叫"弟弟",将来小妹妹生下后,他们应该如何和谐相处。

这些和大宝的互动,其实对肚子里的妹妹也是一种很好的胎教。我和 Mitchell 一起去早教班学音乐时,能明显感觉到妹妹在肚子里也随着节奏"翩翩起舞",跳得非常欢腾。看来,在我给 Mitchell 讲故事、听音乐、弹钢琴时,妹妹也可以感受到,并以她特有的方式及时和我们互动交流。

就这样,喜悦、期待和快乐充满了我的整个二胎生涯。

2015年10月29日,几乎所有的中国人都被一则重磅新闻所包围。

好多人,尤其是那些正处于生育期的"80后""70后"后,甚至一部

sand

分"60后",都被这条各大媒体纷纷转载的头条新闻弄得心浮气躁,很多人都陷入了深深的犹豫和纠结中——那只几年来高悬着的"二胎政策靴子",终于落地了——国家正式宣布全面放开二胎限制。

很多人在生不生二胎上下不定决心,主要是基于以下几点考虑:一个是妨害自己的自由生活和独立事业,精力不允许导致的"不想要";一个是增加生活成本导致的"吃不消";还有一个是顾虑教育质量引起的"教

怀着二宝在台北

怀着二宝三个月的我跟 Mitchell 在三亚的合影

妹妹：小公主的养成

不好"。

但是，我成为 MC 二胎宝妈却是一件水到渠成的事，在我看来：

首先，要二胎不会养成独生子女的通病。毋庸置疑，在"4-2-1"模式下，独生子女就是当仁不让的"小皇帝""小公主"。尤其是老人，对孩子百依百顺，拿在手里怕掉了，含在嘴里怕化了，助长了独生子女的娇脾气。更有甚者，一些老人因为心疼小两口管教孩子，而和小两口吹胡子瞪眼的。小两口怕触了"太上皇"的"龙须"，也只好对"小皇帝""小格格"的过分行为睁一只眼闭一只眼了。归根结底，还是孩子太少了，家人所有的注意力都集中到一个宝贝身上了。孩子自己也产生了强烈的优越感，不可避免地想行使自己"小皇帝"的权威。如果生了第二个孩子，二者之间就会自然进入"竞争生态"，潜意识里就会暗自较劲，看谁更乖巧更懂事，家长只要适当地"表扬先进、勉励后进"，孩子们就会自然而然地健康发展了。这么好的一个"四两拨千斤"的家教杠杆，为何不用？

其次，丰富的育儿经验可以借鉴。我养育 Mitchell 时，初为人母，没有什么经验，在磕磕碰碰的探索实践中摸索出一套科学育儿宝典。着急时，

手忙脚乱地查书、上网搜资料,甚至请有经验的专家来家指导。现在,随着 Mitchell 一天天长大,我在孩子的卫生护理、家庭早教、行为习惯养成等方面,由"菜鸟"涅槃为"母婴达人",这些千金难买的实战经验,又能派上用场了!

最后,中国人讲究福禄寿喜,希望儿女双全、凑个"好"字。我想,这也是很多妈妈的心声,我愿意为了实现这个家庭愿望努力。

金山银山,不如孩子调皮柔软的鼻息。弄明白了这些道理后,无论是站在理性还是感性的角度,一旦怀上了二胎,我相信大家都会听从内心的召唤,准备拥抱、珍惜和享受这笔难能可贵的生命财富。

和CHELSEA一起"考试"

我们为即将到来的孩子取名"Chelsea"。

怀上 Chelsea 时,我的复旦—台大 EMBA 学业接近尾声,正通宵达旦地赶写毕业论文。论文要写三万字,需要查阅几十万字的资料、绘制大量表格,还要有原创性的学术观点,工作量之大,可想而知。

怀孕初期,我伏案疾书,每天在研究论文方面,要花掉六七个小时。为了健康,我顶着劳累,坐得很直。怀孕后期,我的肚子越来越大,沉甸甸地往下坠,长时间伏案阅读写作,身体非常难受。加之 Chelsea 在肚子里不老实,经常以脚踹拳打的方式,对我的熬夜加以抗议,我的论文完成起来就更加辛苦了。往往我在为了论文的一个小标题绞尽脑汁时,还得应付她突如其来的"袭击"。好在额头汗涔涔之际,总有先生在旁嘘寒问暖。

许多同学也非常心疼我,一个劲儿地劝我:"你干吗这么着急、这么辛苦呢,反正我们 EMBA 只要在规定的三年内完成论文就可以了,不需要那么急的,更何况你现在有了孩子……"我对他们的体恤之情表达了谢意,但我对他们说,正是因为有了孩子,我这个妈妈才更应该展示出自己最好的一面,作他们最好的榜样。

就这样,我刻苦钻研,花了四五个月的时间,最终完成了一篇四万字的学术论文。论文质量非常高,受到导师的高度评价。导师对我说:

我怀着 Chelsea 带着 Mitchell 参加复旦大学毕业典礼

"Yolanda，你是我第一个在怀孕期间不申请产假还能写出这么高水准论文的学生。"

论文答辩也在紧锣密鼓地进行。

说来有趣，我开始攻读复旦—台大 EMBA 时，Mitchell 和我一起参加了开学典礼；而三年后的这次论文答辩，则是他的妹妹 Chelsea 全程陪伴。

当时，我怀孕已经七个多月了，Chelsea 胎动更加厉害，有时竟像在肚子里打转，而我的心也"咚咚"乱跳。

按照硕士论文的答辩要求，时间要控制在四十五分钟之内，我那四万字的论文，必须用 PPT 精简（二十多页），我要在十五分钟内自述完毕，然后进入半个小时的提问环节。因为文字太多，为了充分利用好这十五分钟，我和 Chelsea 一起努力，又通宵达旦地精简压缩、反复演练，直到胸有成竹。

答辩当天，我排在了第一位。望着周围黑压压的人群，我鼓起勇气走上台。这些人里，有权威教授组成的评审团，更多的则是旁听者，他们都

我的二胎时代

怀着 Chelsea 八个月

是中国乃至全球杰出的商业领袖。这些人的眼光紧紧地聚在我这个大肚子"孕妇学生"身上，眼神中既有新奇和欣赏，也有严苛的挑剔。

兴奋、紧张、激动……一连串的情绪一股脑儿地涌上来。我轻轻地抚了抚肚子，冷静了一下，低下头对着 Chelsea 温柔地说："宝贝，让我们共同努力，精彩地完成这次答辩，好吗？"

怀孕期间，我一般穿平底鞋。但那天是答辩时间，穿平底鞋显得太休闲了。为了体现对答辩的尊重，我挺着大肚子，特意穿了微高鞋，着职业正装，缓慢而轻盈地走上台。

上台后，我先是环视了一下现场，向下面的评审团和旁听同学深深地鞠了一躬，然后朗声说："不好意思，由于我的论文字数较多，我宣讲的语速可能比较快，请你们谅解。"

为了能进行一场出色的答辩，在肚子里的 Chelsea 的鼓励下，我尽可能地用很快的语速进行答辩，结果四万字自述浓缩成二十几页的 PPT，最终只耗时十二分钟。

我的论文主题是《大数据时代下风险投资机构如何决策》，内容比较专业，评审团的教授对这个前沿课题也非常感兴趣，连珠炮似的不住提问，而且问题非常尖锐：

参加复旦毕业典礼的 Mitchell

"在公司面临战略性决策之前,你如何管控公司的经营风险?"

"在你的课题中,定性假设、定量数据和定性结论究竟是怎样的关系?"

"在大数据时代,风投机构是如何利用数据精准决策的?"

……

而我的回答也不枝不蔓:

"之前,我总会通过衡量、计算和其他有效方式确保获得有效执行决策所需的所有情报,开展全面的尽职调查,从而管控公司的经营风险。"

"大数据时代的风险投资决策,应该在开始时做出定性假设,在中间的决策部分让定量数据支持和检验假设,最后得出定性结论。"

……

就这样,你一言,我一语,直至热烈的掌声响起,我才向评审团和观摩的同学鞠躬行礼,返回座位。一看表,自己竟然足足在台上站了四十五分钟!虽然我穿的是微高跟的鞋子,但挺着个大肚子站这么久,也确实是一个巨大的挑战。我们四位同学都答辩完后,就一起在教室外面等着评审团打分。在将近半个小时的等待时间里,我和肚子里的 Chelsea 都很紧张。

终于,成绩出来了,我们几个人的论文都通过了审核,我的论文更是荣获了"优秀论文"奖,可以进入复旦大学的档案室。同时,台湾大学那

我怀着 Chelsea 荣获复旦大学优秀毕业论文奖

边的教授则将我的论文评为"A+"。

　　看到自己通过辛勤努力得来的成绩，我悄悄地流下了泪水。要知道，寒窗三载，能顺利通过答辩、拿到毕业证并不难，但要获得"优秀论文"和"A+"论文是很难的——18门必修功课一门都不能落下，总成绩里不能出现三个"B-"，否则重修。毕业论文不是交流性质，是原创学术性的，必须有一定的理论高度。在我们班当时的五十多个人中，第一批毕业的，只有十几个人能够过关。所以，看到复旦大学给我发的"优秀论文"奖状，很多同学不约而同地惊叹："哇，太不可思议了，Yolanda，你不仅如期毕业，而且还获得如此殊荣！"

　　我悄悄地揩去泪水，内心充满着幸福与自豪。我知道，这泪水是勤奋的果实，更是我们母女二人共同攀越一次人生高峰的见证，它可能转瞬即逝，却是永恒的纪念！

我跟 Chelsea 一起参加论文答辩

论文答辩现场

我的台大硕士同学们

我跟 Chelsea 一起从台大毕业了

低幼婴儿的早教课

不知不觉,我进入预产期,很快就诞下了女儿。

忙碌混合着幸福,时间过得飞快,眨眼间,女儿就已经四个月了。

"对,就是这样——左手换右手,右手换左手。"

"Chelsea,你已经很棒了!"

听到这些鼓励,躺在我怀里的 Chelsea 高兴地变换着指法,当然,她的准确率也有所提高。

旁边的保姆为 Chelsea 的进步感到高兴,不时为她鼓掌加油。

听到掌声的 Chelsea 更加得意了,她的眼角高兴地眯成了一条缝,嘴角微微上翘,似乎想把自己成功的喜悦传递给每一个人。

Chelsea 的房间里充满了童趣与欢笑,像一波波快乐的浪花,不时拨动着在场的每一个人的心。

Chelsea 所做的这个手指动作叫作"抓豆豆",它几乎是每个母亲和自己孩子的"保留节目"。

抓豆豆虽说是低幼儿童的必学科目,但并不简单。心理学家指出,通过手指运动的高频刺激,可以激发孩子大脑皮层的快速发育。因此,抓豆豆等动手游戏,既锻炼低幼儿童手指等部位的灵敏性,也发展了孩子手眼脑的综合协调能力,还让宝宝感知了数量多少,体验抓豆成功的欢乐,可

谓好处多多。

  Chelsea还不满一岁,但我们从她四个月的时候,就开始有意识地让她接触这个趣味游戏了。后来,抓豆豆游戏成了Chelsea必须每天都要做的一项"硬性任务"。

  刚开始时,Chelsea根本就抓不起豆豆。看着豆豆一颗颗地从手里骨碌骨碌地滚落地下,她感到很有趣。她忍不住好奇,用小手去抓豆豆。她紧紧攥了一大把,没抓牢的,就噼里啪啦地从指缝里掉了出来。我们的"小公主"可不管这些,她将攥在手里的豆豆拿起来盯着看了几秒,猛不防就

六个月的 Chelsea 和哥哥一起去香港迪士尼

拼命往嘴里塞，一下子又塞不进去，那些豆豆就像碎珠乱玉一般滚落到床上，有些甚至掉到了地上。"小公主"被逗得笑个不停。

"宝贝别急，妈妈教你怎么玩。"我知道，四个月的 Chelsea，其实是用嘴来探索世界的。我亲了 Chelsea 一口，拿起其中的一颗豆豆，手把手地教 Chelsea 用大拇指和食指去抓。Chelsea 费了老大劲儿，还是抓不住。

突然，"小公主"发起了小脾气，将一团豆子全部打乱，弄得满地都是。看来，"小公主"在考验妈妈的耐心。可女儿哪有那么容易就能惹烦妈妈啊！

我不住地安慰 Chelsea，并鼓励 Chelsea 和我一起将豆豆搜集起来，重新来过。

反复几次之后，Chelsea 终于可以勉强拿起豆豆了。七个月后，她就能熟练地用指头拣，用小勺舀。八个月时，Chelsea 已经可以熟练地"抓"豆豆了。

她每次成功抓取之后，都会兴奋地将"胜利果实"拿给我看。我也为她的进步和努力感到高兴。

当然，这个游戏也有危险，孩子有可能误食豆豆，家长必须全程在场。所以，Chelsea 每次抓豆豆，我和保姆都全程陪伴，事后还要"清点战场"，查验豆豆的数目是否缺失。

为了进一步训练她手指的灵活性，我用 iPad 等智能设备来激发她的兴趣。我从 iPad Store 里下载了音乐书，手把手地教 Chelsea 直接摁平板触摸屏上的按键。当 Chelsea 摁对了，iPad 就会播放快乐的儿歌。而 Chelsea 受到鼓舞，按键的速度也会越来越快，当然成功率也就越来越高了。通过这种方法，Chelsea 的识别观察和手指动作能力得到了进一步锻炼。

观察黑白和彩色卡，是 Chelsea 的另一项必学功课。

"眼睛是心灵的窗户"，在人类大脑所摄取的全部信息里，大约有 80% 是通过眼睛观察获得的。因此，眼睛是宝宝们接收外部世界信息的重要通道。宝宝接受的视觉刺激越多，他的语言能力、色彩和形状等视觉识别能力，甚至逻辑思维能力都会得到刺激和提升，从而使其更加聪慧。

和 Mitchell 一样，Chelsea 出生五天就开始看黑白卡。一个月后，她就开始看彩色卡了。为了避免一曝十寒，我坚持让 Chelsea 天天看卡片，一般

迪士尼里的萌宝贝

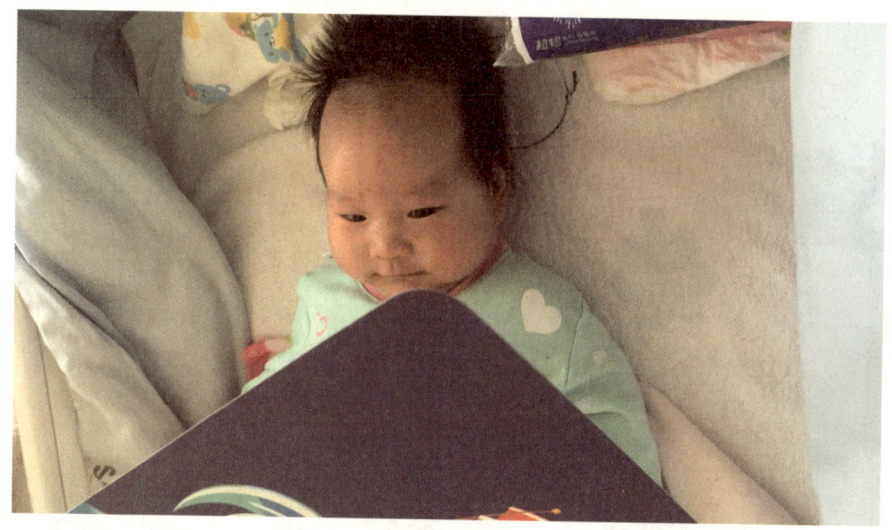

妹妹在看彩色卡

来说,她每次能看三十张,每天看十五分钟。内容选择上,一般是早晨看思维卡,下午看两本彩色卡。但如果她确实喜欢,就多给她拿些;如果觉得厌烦,可以去玩其他游戏。

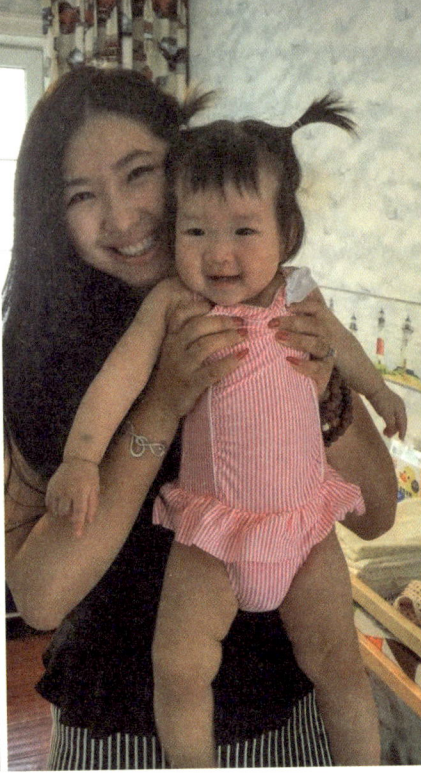

感悟语言之美，徜徉音乐殿堂

语言是沟通的桥梁，孩子伶牙俐齿是每一位家长的期盼。

我家的语言环境比较特殊。由于先生祖籍广州，所以他也会说粤语。我们夫妻之间的日常交流基本上是中文为主，英语为辅，夹杂零星粤语。因此，大多数情况下，我和先生之间的谈话，只有我俩能懂，以至于保姆和我们开玩笑，说我家是"鸟语花香"。

这种情形之下，我们和孩子交流，基本上也是中英文掺杂着用。之所以会这样，除了环境使然，我感觉现在全球化越来越深入，中文和英语作为世界上最有影响力的两种语言，有必要熟练掌握。Chelsea和哥哥拥有多元化语言的便利条件，实属幸运。

有些朋友问我，孩子这么小，中英"混搭"，会不会把她给绕糊涂了？我也曾为此专门研读了相关论文。语言学家的一致结论是，孩子是一张白纸，灌输什么就习得什么，不但不会产生混淆现象，而且可以接收更多的语言文化信息，同时加速刺激他们大脑皮层的发育，故而对孩子的发育及未来发展大有裨益。事实也是这样。Mitchell和Chelsea不但基本可以理解父母交流的内容，而且还能进行中英文互译。不过也有语言学家指出，尽管多元化语言对孩子发展有好处，但也一定要突出母语的地位，否则对孩子理解及认同文化不利。因此，Mitchell和Chelsea是以汉语作为母语的。

Chelsea 跟妈妈逛超市

妹妹：小公主的养成

此外，妈妈和孩子间经常性的肌肤相亲可以更好地帮助孩子发展语言能力。我发现，当我抱着 Chelsea，亲吻她，和她进行交流时，她的眼里会泛出由内而外的满足和安全感，因而 Chelsea 的语言能力进步得很快。

"妈咪、爹地、哥哥、宝宝，Mom，Dad，brother，baby……"当我微笑着抵着 Chelsea 的额头，或一边刮着她的小鼻子一边教那些词汇时，她会非常欢喜地看着我，仔细地听着那些充满温情的词汇，当然也更乐于重复。我想，这大概是因为妈妈的每一个动作和语调都充满了浓浓的亲情，从而更加吸引宝宝的缘故吧。

2~3 岁是幼儿语言发展的高峰期，这一期间的幼儿园教育，对于提高孩子的语言敏感度是非常必要的。尤其是双语教育，这是近年来十分流行的一种早期语言教育形式。孩子 3 岁前，是学习外语的最好时期。宝贝在语言发育期，就及早接触英语，同时运用英语和汉语两种语言来表达交流，对他们的语言发展益处多多。

作为 1~3 岁孩子语言的主要启蒙教师，在此时期，家长应该为孩子创设良好的语言学习环境，这对孩子的表达能力和智力发展大有好处。Mitchell 经常会不由自主地哼唱英文儿歌。看到 Mitchell 快乐哼歌的样子，

Chelsea 跟妈妈在图书馆

新来的阿姨往往如坠云雾之中。她当然也觉得非常有趣，就笑着对我说："Mitchell 很会唱歌，但我一句也听不懂。"我对她说，没关系，耳濡目染，一些简单的英语词汇、句子很快就能学会的。果不其然，开始时 Mitchell 想吃香蕉，会顺口和阿姨说"banana"，阿姨表示听不懂。随着时间的推移，阿姨也逐步理解了类似"apple""banana"等词的确切含义，她们和孩子们之间的交流变得十分顺畅。

对孩子音乐审美方面的培养，和语言训练有异曲同工之妙。

美妙的音乐除了能对孩子进行艺术熏陶外，还可以陶冶情操，安抚他们的情绪。更重要的是，音乐通过耳朵传入大脑，可以刺激孩子大脑，开发他们的思维潜能，从而促使他们的身心得到更加和谐、健康的发展。用音乐进行胎教的宝宝，音乐天赋自然高，很多小孩子一生下来就可以识别音乐旋律。这对开发孩子的音乐天赋，能起到事半功倍的作用。

为此，我每天都要给 Chelsea 播放音乐。在歌曲的选择上，我不限于童

Chelsea 爱高尔夫也爱足球

谣儿歌。举凡世界名曲，不管是中国古典乐还是国外轻音乐，我都会遴选出合适的并为她播放。和 Chelsea 一样，Mitchell 也非常喜欢音乐，他在两岁三个月时，就可以熟练地演唱三十首英文儿歌了。

为孩子播放音乐，也要应时应景。有时候，我会在孩子们玩游戏的时候播放歌曲。Mitchell 和 Chelsea 虽然正玩得高兴，但一旦有悠扬的乐曲传来，就会立刻放下手中的玩具，径直跑过来，拉着我载歌起舞。尤其是对于自己特别喜欢的歌曲，他们听上十几二十遍都不觉得腻。多听几遍之后，Mitchell 就会哼唱了。他唱歌时，妹妹也会在一边为他拍手加油甚至模仿学唱。这样，我们家一下子就由"鸟语花香"变成了"莺歌燕舞"。

"问渠哪得清如许，为有源头活水来。"就拿学歌这件事来说吧。为了能做好示范，我亲自上网甄选、下载、学唱了近百首英文儿歌。近百首英文儿歌是个什么概念？并且要记住歌词，还要学习伴奏起舞……在准备这些事时，我也似乎回到了快乐的童年。

成功的味道是甜蜜的。有一次，幼儿园请我去给家长们做分享交流。分享结束后，老师说："Mitchell 妈妈，我们来唱一首新歌。你可以跟着我们一起学着唱。"老师说完，抖抖衣领，清清嗓子，引吭高歌了一曲《Open Shut Them》。

随后，我跟着小朋友们一起唱起这首歌。幼儿园老师听得目瞪口呆，良久，她缓缓地问："My God！！Yolanda，为什么这首歌你才听了一遍就会唱了？"我耸耸肩，笑道："小 case 啦！这首歌我一个月前就学会了。"

接着，我主动向幼儿园老师请缨："老师，我们来唱一首《I Love You，You Love Me》吧！""What？"老师睁大了眼睛，不可思议地看着我。当然啦，唱完之后，连老师也忍不住为我的出色表演喝彩。

这么多年的家庭教育经历告诉我，为人父母必须与时俱进，下功夫提升自己，千万不能认为"孩子这么小，我还用学这么多东西吗？""不就是那点东西吗？数学无非'1、2、3、4'，英语无非'ABCD'，音乐无非'小燕子，穿花衣'和《Happy birthday to you》……"如果这么想，家长就不会有不断汲取新知识和新的教育方法的愿景和动力。

我的 Chelsea 进步飞速，她八个月就学会了爬，也会清晰地叫"Daddy""Mommy"了。有时候，要知道苹果的滋味，是要亲自种一棵果树的。

多管齐下防雾霾

"在城市边缘地带,雾是深黄色的,靠里一点儿是棕色的,再靠里一点儿,棕色再深一些,再靠里,又再深一点儿,直到商业区的中心地带,雾是赭黑色的。"英国大文豪查尔斯·狄更斯在他的名著《雾都孤儿》里这样描写当年伦敦的雾霾天气。

无独有偶,一个多世纪后的中国乃至全球很多国家的许多城市,也经常被雾霾袭扰。北京也不例外。

我们居住在北京,经常遭遇大范围的持续性雾霾天气。雾霾来临时,我们拉开窗帘,朝窗外望去,只能看到天地之间一片混浊,巨大的城市被一块深厚的巨幔盖住,就连小区对面高耸的大

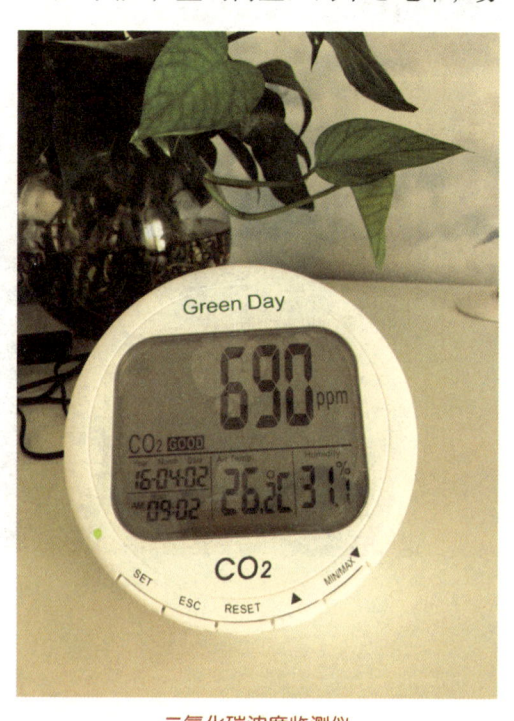

二氧化碳浓度监测仪

工业空气净化机

楼，也只剩下了一些灰蒙蒙的轮廓。

从科学的角度说，霾由悬浮在空气里的烟尘等细微颗粒形成。大家耳熟能详的PM2.5，则是指直径小于或等于2.5微米的空气颗粒物，它是对人体危害最大的一种尘粒。雾霾的可怕在于，对于呼吸系统尚未完全发育好的婴幼儿来说，它更容易引发各类型的呼吸道疾病，如呼吸道感染引起的咳嗽、支气管炎、肺炎等。

为了防霾抗霾，我们家在系统性的理念指导下，多管齐下，希望借此呵护两个宝宝和全家人的健康。

首先，先进的设施及手段是科学应对雾霾的基础。Mitchell所在的国际学校，其建筑物设施的防霾标准是非常严格的，PM2.5一般控制在 $10\mu g/m^3$ 以下。有些国际学校对建筑物的空气处理机组净化装置进行了系统改造，致力于解决新风系统带入可吸入颗粒物污染的问题；有的国际学校甚至规定，空气质量指数一旦超过100，学生就不允许进行户外活动；有的国际学校还耗费巨资，给体育场搭建了抗雾霾的"穹顶"。学校在内部教具上，一般采用最先进的国际化防雾霾教具，通过智能化的物理设计，最大限度地解决雾霾带来的困扰。

我们对孩子学校里的防霾设备非常放心，但在选购家庭抗霾设施时却大费脑筋。我们家购入了七八台国际上公认的较好的净化器，其中三台是来自瑞士的IQAir，我们利用它的过滤系统对室内空气进行过滤。但因室内面积太大，导致同时开着三台净化器的防霾效果依旧不好——室外空气质

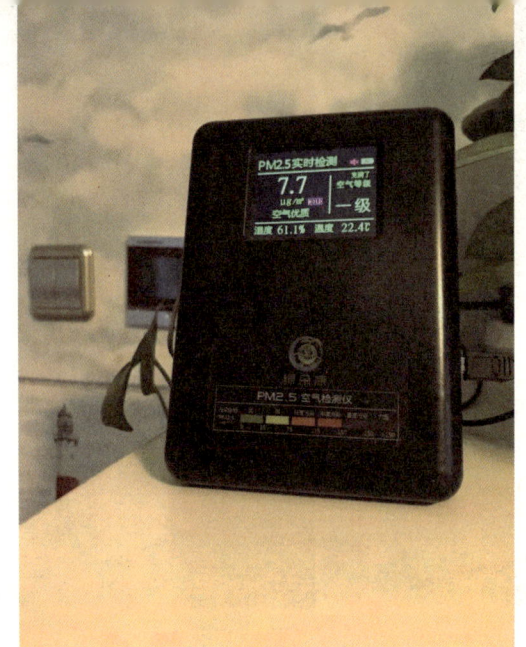

空气监测仪

量指数达到300多时，室内最低也有70多，而且三台连开的噪声很大。

无奈之下，我们又买了个工业空气净化机，噪声略有降低，而这台工业空气净化机的降霾效果还是不错的——室外空气质量指数达到300多时，室内能降到30左右，这对于六七米高的挑高、两百多平方米的大厅面积来说，效果已经非常不错了。

我们家的中央空调里安装的新风系统，还外购了新风机，能够为室内输入经过过滤的室外新鲜空气。这样一来，在北京雾霾严重的时候，我们家的每个房间，尤其是Mitchell和Chelsea的房间，PM2.5都能控制在$10\,\mu g/m^3$以下。

户外发生大面积雾霾时，二氧化碳的浓度一般都会超标。这时候，我们会通过家庭专用的二氧化碳测试仪监测室内的二氧化碳浓度。一般来说，室内二氧化碳浓度达到1200ppm就超标了。所以，大部分情况下，室外空气质量指数达到300时，我们就将过滤器功率调至最大，而且窗户也关得严严实实；但一旦室内二氧化碳浓度超过1200ppm，对人体的危害也很大。这真是个两难选择。为了解决这一难题，通常情况下，我们会在空调里安装新风系统，再加上另装的新风机，在过滤雾霾的同时，允许氧气进来。当室内净化器全部打开时，Chelsea的房间就不能关得太严实，以保证空气的正常流通。这时候，室内的二氧化碳浓度大概在500ppm左右，还是可以接受的。

空气净化器

另外，二氧化碳浓度测试机的监控结果，可以随时上传到我们的手机里，完全实现了智能化控制，很方便。

其次，应该树立"重硬件，更要重软件"的意识。除了配备现代化的高科技设备，家长尤其要重视培养孩子良好的个人卫生习惯。

家长应该让宝宝保持良好的卫生习惯，如勤洗手、经常清理鼻腔、饭后漱口等，执行起来绝不能含糊。同时，雾霾发生时，我会特意安排保姆，尽量给孩子吃一些清肺的食物，帮助他们去毒清火。

北京和其他城市一样，依旧不时被恼人的雾霾所侵扰，我们每一位公民身处其中，不能不为此担心。但通过合理的预防措施，更重要的是，培养孩子全面、良好的个人卫生习惯，我们可以最大限度地抵御雾霾带来的伤害。

正如狄更斯在他的另一部不朽名著《双城记》里所说的："这是最好的时代，也是最坏的时代；这是光明的季节，也是黑暗的季节。"防治雾霾是全社会共同的责任，也是一件长期努力才能见成效的工作。作为家长，只能在力所能及的条件下，尽可能地为孩子营造相对比较安全的环境，培养他们健康的生活方式，只有这样，才能最大限度地保护好自己的孩子。

我也相信，随着人们环保意识的提高、科技的进步，雾霾终将散去，Mitchell 和 Chelsea 的下一代将不必像我们一样面对无处可逃的环境污染了。

chapter 4

Goodfriends：生活即教育

唯一有说服力的教材是榜样教材，生活比学校更能提供这种教材。

——法国思想家、文学家 罗曼·罗兰

辅食调理DIY

意大利著名教育家蒙特梭利指出："生活即教育。"为了能让孩子们畅享美好生活，首先应该科学合理地安排他们的饮食。

英国诗人雪莱曾经说过，饮食习惯的改良比其他任何改良给人们带来的好处都要大。对孩子们来说，合理的辅食调理尤为重要。为了能让孩子们吃得健康，妈妈们应该亲力亲为，做个"宝宝辅食调理DIY达人"，这样才能对孩子的饮食做到心中有数，效果也会更好。

有一次，我带着Mitchell上Gymboree早教课。休息室里，一个胖嘟嘟、圆乎乎的小男孩活蹦乱跳，我被他的强壮活泼吸引住了，就走上前向他的妈妈讨教孩子一天吃奶几次，每次多少，辅食怎么吃，等等。

"你得问我家阿姨去，这些我也不清楚。"那位打扮得富贵雍容的太太一边描眉一边漫不经心地应答着。

我哑然了：作为一个妈妈，竟然耽于自己的享受，对孩子的饮食情况不闻不问，真是一朵奇葩！

在我看来，妈妈必须亲自过问、掌握乃至设计孩子的饮食搭配，这不但有利于全面把握孩子的科学膳食，而且可以增强保姆的责任感，同时增加母子互动机会，对亲子氛围的营造也大有好处。这和家庭条件无关，和身份无关，只看家长用心与否。

孩子的营养健康至关重要。这一点，我盯得很紧，毫不含糊。我要求保姆，孩子喝奶的数量和频率必须向我报备，而且我还要深入了解，孩子们喝奶时的表现如何；如果喝了180毫升还要再喝，那就必须得控制住量，不能由着孩子的性子；还有，辅食吃了多少，剩了多少，我也盯得很紧。

关于具体的辅食配比，应针对不同年龄段进行合理安排，这方面，我有很多心得体会。

给孩子添加辅食时稍有不慎，就容易造成婴儿的消化功能紊乱，而辅食添加过晚，也会导致孩子营养缺乏。Mitchell在一岁前比较娇嫩，我是从孩子六个月时开始给他添加辅食的。在此期间，我尝试由一种增加到多种，逐步增加辅食品种。我先小心翼翼地给Mitchell试吃一种辅食，三天或者一周后，要是Mitchell消化正常，那我就给他添加第二种辅食。

辅食的制作应从单一到多样，从少到多，从精细的流质类食物开始，逐步过渡到半流质食物，然后添加固态食物。最先添加的辅食应是蛋黄。这是因为，新生儿体内的铁有限，他们体内储存的铁主要来自母体，添加蛋黄可以有效地补充铁质。然后可以添加米粉，睡前在奶里加一些米粉，

这样宝宝吃得更饱，睡得会更久。而在孩子 4~6 个月期间，可以添加蛋黄泥、菜泥、胡萝卜泥、苹果泥、藕粉等辅食。制作时要注意，孩子一岁半前，诸如糖、酱油、香油、盐等调味剂的添加要适量。如果能做成泥糊状，则滑软、易咽，可以更加有效地补充钙、铁、膳食纤维、维生素、蛋白质和热量。

妈妈应该把握好添加辅食的时间。我认为吃奶前是个很好的时机，因为 Chelsea 的反应告诉我，她在饥饿时很容易接受新的口味。同时，妈妈还应该注意，婴儿身体不舒服或者天气太冷太热时，为了防止孩子消化功能紊乱，应该暂缓添加新的辅食品种。我每天给孩子初次添加辅食都在上午。六个月前，我每天只给孩子添加一顿辅食，营养过剩也不是什么好事。六个月后，可以在晚饭时再加一顿米粉等半流食，晚上九点左右喂一瓶奶，这样宝宝就可以喝饱睡足了。

一岁时，Mitchell 还是以喝奶为主，要保证在每天 700~800 毫升的合理奶量基础上添加辅食。随着 Mitchell 肠胃功能的逐步健全，在添加米粉的同时，我还为他增加了牛、鸭、猪等的动物血以及猪肝泥、鸡肝泥、瘦肉糜和鱼泥等富含铁而又容易吸收的食物，将其精心调入米粉中。

在喂 Mitchell 时，我让保姆使用质地较软、大小合适的小勺。开始时，只在小勺前面舀上少许食物，轻轻地平伸，抵在 Mitchell 的舌尖上，然后再取出，这样可以避免小勺进入口腔过深或压到宝宝的舌头，从而引起他的不适。

事实上，直到 Mitchell 一岁以后，我才开始慢慢给他加酸奶、奶酪等难以消化的食物。奶酪又被称为"奶黄金"。除含有优质蛋白质外，奶酪还有糖类、有机酸、钙、磷、钠、钾、镁等微量矿物元素，铁、锌以及脂溶性维生素 A，胡萝卜素和水溶性的维生素 B1、B2、B6、B12、烟酸、泛酸、生物素等多种营养成分，非常适合一岁以上的宝宝。酸味重的水果，如猕猴桃、橙子、柠檬、芒果和西梅最好先不要给宝宝吃。

Chelsea 现在已经一岁了，我们开始鼓励她自己拿着小勺吃饭了。晚上，她喝粥前会先吃一些米粉，保姆为了口感更好，就在米粉里放了糖。我察觉后，对保姆说，一岁半前还是原味为好，糖对牙齿不好，如果食用太多，对智力发育也没好处。

Chelsea 喝的粥，我一般会选大米、小米和糙米这三种米，提前泡好，然后会在胡萝卜、山药、花生、南瓜、腰果、莲藕和红枣中选择三种加入米里一起煮，有时候也会放鱼或海虾。主食还是以云吞、面食、粥和米饭为主。面食花样较多，今天面条，明天小云吞，后天可能是饺子，面里放上蔬菜，比如芹菜汁和小南瓜面条。做的时候，一定要把材料剁碎拌匀。

我也给孩子做猪肝粥，隔天吃三文鱼或比目鱼，还有常见的鸡肝和

牛肉。果蔬方面,基本上保证每天六种蔬菜和六种水果,不重样。这样多管齐下,确保孩子营养均衡。坚果方面,我们一般选用核桃、腰果,它们是很好的补铁食材。水果中,蓝莓具有保护眼睛、增强记忆力等功效,也可以给孩子食用。

一岁的Chelsea,一天喝4~5次奶,两次加餐,三次正餐。早上正餐吃鸡蛋、喝牛奶,吃完鸡蛋吃三文鱼。蛋黄里富含卵磷脂,三文鱼富含DHA,都是帮助大脑发育的,同时能为她补充一天所需的蛋白质。鸡蛋也要变着花样来,今天煮鸡蛋,明天荷包蛋,后天又换成加有不同蔬菜的鸡蛋羹。一岁以内只吃蛋黄,一岁以后逐渐增加蛋白。除了三文鱼,我还常给孩子准备比目鱼和银鳕鱼,它们都含有丰富的DHA。

"一天一个苹果,医生远离我。"苹果是常见的水果,可以增强记忆力和免疫力,非常重要。牛油果是一种营养价值很高的水果,含多种维生素、丰富的脂肪酸和蛋白质,钠、钾、镁、钙等含量也高,营养价值与奶油相当,有"森林奶油"的美誉。西柚中含有宝贵的天然维生素P和丰富的维生素C以及可溶性纤维素,维生素C可参与人体胶原蛋白合成,促进抗体的生成,以增强肌体的解毒功能。红心火龙果含有一般水果少有的黏胶状的植物性白蛋白,而白蛋白在人体内遇到重金属离子,会快速地将其包裹住,排出

GOODFRIENDS：生活即教育

体外，避免肠道吸收，起到解毒的作用。车厘子含铁量高，位于各种水果之首。而以上这些水果，都是 MC 的大爱。

给 Mitchell 和 Chelsea 制作辅食时，我特别注意食品安全问题。瓜果蔬菜一定要用苏打水长时间泡洗，以去除农药残留。值得一提的是，苹果皮的营养虽然丰富，但为了去除农药，我还是坚持让保姆削皮，葡萄皮也是这样的，基本上什么皮都不给孩子吃。或者干脆买有机水果，确保万无一失。

Chelsea 现在一岁了，从来没有便秘过，这和她的饮食习惯有很大的关系。

保姆也非常上心，她们对我的这些食谱活学活用，推陈出新。现在，她们每天都用榨汁机榨 2~3 种蔬菜，例如如果今天是菠菜、萝卜，那么明天就是油菜和山药。她们会把榨出的汁和进面粉里，然后擀成细细的面条。这种面条营养非常丰富，再加上现煮的西红柿等蔬菜就更好了。她们还巧用心思，经常做 Mitchell 和 Chelsea 喜欢喝的排骨汤、鸡汤或者鲫鱼豆腐汤，用这种汤煮面，放上小番茄等各种菜，不仅营养丰富，孩子们吃了也易于消化。通过灵活运用这些食材，孩子的辅食不但营养齐全，而且色香味俱佳，难怪 Mitchell 和 Chelsea 总是吃得津津有味，胃口好，身体也棒。

而我也常常在孩子的辅食上花费大量心思，比如做一些花朵形状的蛋糕和一些小动物造型的点心等，吸引孩子的注意力，勾起他们的食欲。

总之，"运用之妙，存乎一心"，正确的辅食养育之道要掌握分寸，行之得法，这样宝宝才能健康茁壮成长。个中滋味，需要妈妈们亲自尝试，才能设计出一道道符合自己孩子实际情况的辅食食谱。

蹲下来倾听孩子

"我这么累都是为了你!"

"爸爸妈妈容易吗?为你牺牲太多了!"

"如果不是你,我早就事业有成了!"

"你怎么这么笨?"

"你傻了,怎么不说话了?"

"今天你在幼儿园挨老师骂了吗?"

……

这些问话,或者说是训话场景,在中国家庭里是极为常见的。

怎么说呢,每次我看到这些场景,除了善意地劝说身处暴风中的妈妈们,就是不由自主地感叹,中国"虎妈"太强了。面对如此强势的家教文化,孩子得不到起码的尊重,长此以往,"虎子"也会变"兔孩",胆小懦弱,缺乏主见,怎么把握自己的人生?

道理非常简单,从"天赋人权"的角度看,孩子是一个独立的生命个体,他们不仅仅是被教育的对象,也不仅仅需要吃喝拉撒,他们拥有和父母一样完整、独立的人格尊严和自我意识,而且受到法律的严格保护,因此他们同样拥有自己独立的思想、意志、主张和个性权利。

而且,按照经典的马斯洛需求理论,人的需求是分等级的,只有在生

存的基本需求得到满足后,才可能有较高级别的需求。其中,受到尊重的需求,是极为重要的一环。社会在进步,我们的生活也日新月异,现在孩子们的需求比过去更高了,这非常正常。我们只有发自内心地去尊重孩子,才有可能走进孩子的心灵,满足他们被尊重的需求,才有可能进行顺畅的沟通,从而使我们的孩子乐于展现出更多的潜能。

同时,从早教科学的角度看,自我感觉、自信心、自我评价、独立性、自制力和自尊心这些自我意识,是构建孩子社会适应性的基础。如果他们得不到父母的尊重,就难以感受到社会对他的关爱,进而影响以上素质的发展,削弱其日后适应社会的能力。

因此,无论从哪个角度看,我们都应该给予孩子足够的尊重,这既是他们拥有幸福生活的权利,也是帮助他们迎接未来挑战的先决条件。

但现在有些新生代父母口头上说要尊重孩子,但一落地,就管不住自己的性子。正如本文开头的一幕,在他们眼里,子女是自己的私有财产,他们的一举一动必须听从大人的安排。甚至有些"暴走"族,一旦孩子的想法、做法、成绩不合其意,轻则斥骂,重则棍棒,让孩子不寒而栗。

那么,做妈妈的,究竟该怎么做,才能让孩子打心眼儿里感受到自己

是被尊重的呢？

中国人常说要"人前教子，背后教妻"，意思是在众人面前指出孩子的过错，有助于培养孩子的羞耻心，促其上进。所以，国内的家长经常当着众人的面骂孩子"不争气的东西""没出息""笨蛋"等，这种场景几乎司空见惯，不足为奇。而远在英伦的著名哲学家、教育家洛克则认为："父母越不宣扬子女的过错，则子女对自己的名誉就越看重，因而会更小心地维护别人对自己的好评。若父母当众宣布他们的过失，使他们无地自容，他们越觉得自己的名誉已受到打击，维护自己名誉的心思也就越淡薄。"他的这句话被欧美父母奉为圭臬，在西方世界里很有影响。

那么，这两种教育理念孰优孰劣？

我以为，"人前教子"绝对是不可取的做法。做妈妈的，应该尊重孩子的自尊，保护孩子的"面子"。因为，在众人面前批评乃至斥责孩子，会让孩子的自尊心受到沉重打击，让孩子陷入深深的自卑中，从而打击其好奇心，压制和减弱孩子的自我激励能力、创造能力和想象力。而国外的父母尊重孩子，孩子通常也乐于配合家长。因为没有被家长羞辱的隐忧，他们

知心达意，礼貌待人，善待长者，愿意和家长推心置腹地交流。

我从不在别人面前教训Mitchell。因为我知道，Mitchell虽小，但也有自尊心。我经常带Mitchell去做客，主人会给他拿些甜品和水果。这种情境下，一般中国妈妈会根据孩子平时的习惯，提前代孩子回答"谢谢"或者"谢谢，他不吃"等，我则会启发孩子，让Mitchell自己做主到底要不要接受这些食物。有时候，如果主人没有主动给Mitchell他想吃的食物，不懂事的Mitchell会向人家索要，我也不会立即呵斥他的无礼，而是在回家的路上或者抓住没有旁人的时机，以恰当的方式告诉他，每个人都有自己喜欢的东西，不能光顾满足自己而不顾及别人。

尊重孩子，应该平等交流。

我从不将自己的意志凌驾于孩子之上，任何情况下，我都会和孩子们平等交流。如果Mitchell不想吃饭，我总会对他说："Mitchell，小米粒正在等你呢，你把小米粒吃进肚子里，才能长高高、长壮壮！"当兄妹俩犯错时，我也不会轻易责备孩子。我会说："Mitchell，你不是故意捣乱的，下次遇到这样的事，你肯定不会这么做了，是不是这样呢？"每当我这么和他们交流，兄妹俩总会懂事地点点头。Mitchell稍大些，会臭美地挑选衣服，我也会和他商量:"你觉得今天是穿这件白色的球服好,还是穿那件黄色的T恤衫好呢?"我不会用指使的口气说:"你今天穿这件黄色的!"

在和孩子交谈时,家长应该注意自己的姿势。不管是三岁大的Mitchell,还是一岁大的Chelsea,和他们说话时,我一般是蹲下或坐下。这样可以保证个头上和孩子"保持一致",方便彼此间眼神平视交流,让他们觉得自己和妈妈是平等的。和他们说话时,我的语气也"和风细雨",很少"命令"。我会用一些非常正面积极的句式,比如:"你能这样去做,妈妈为你感到骄傲!""要是你能那么做,妈妈将感到非常高兴!"这类。通常,Mitchell或Chelsea会在我"确定"了的"框架"下做出正确的选择。非但如此,在他们说话时,即使说得很慢或纰漏百出,我也不会轻易打断,而是耐心听完,然后才做复述示范。通过以上平等交流,孩子们会感觉到家长对他们的重视,从而自然产生自尊之心。

尊重孩子,要给他们自由选择的机会。

有一次,我在瑜伽休息室听到一位同学说:"现在的小孩身在福中不知福,他们穿不愁吃不愁,要星星不敢给月亮,可孩子却不满足。"她话音未落,旁边的儿子立刻崩豆子似的说开了:"您总是逼我学这学那,您练瑜伽都要让我来观摩一番。一点儿自由都没有,没意思。"

她们母子的这番"短兵相接"不由得引起了我的深思——为什么有的

父母为了孩子省吃俭用，却无法得到孩子的理解？为什么现在的孩子集万千宠爱于一身，却感受不到幸福？

我想，究其原因，主要是家长总是拿自己的感受和愿望来左右孩子的需求。他们没有意识到，孩子除了吃好穿好的物质需要外，还渴望独立自主、自由创造。只有这些精神层面的需要得到满足，他们才会真正感到快乐。

那么，究竟怎样做，才能让孩子感受到饱满真切的幸福呢？

在与Mitchell和Chelsea的朝夕相处中，我发现，低龄儿童是通过活动、身体和游戏去认识和感知世界的。"子非鱼，焉知鱼之乐也。"如果家长将自己的意志强加给孩子，用各种各样的学习侵占了孩子的活动时间，剥夺了孩子以自己的方式去学习和感知世界的方式，会让他们过早地承受太多的压力，从而早早地失去了童年的乐趣，这对他们日后的社交和其他能力的发展发育害处极大。所以，我觉得应该让孩子从家庭和学校的"两点一线"中解脱出来，充分尊重孩子的意愿，尊重他们玩耍、做梦和游戏的权利，多接触社会和大自然，用自己特有的方式去认知和学习。

我试着让Mitchell学习整理自己的房间。擦桌、扫地，这些都是他每天必做的功课。两岁时的Mitchell就已经学会了细心地照顾植物，定时擦洗大叶子，浇花的时候也特别仔细。通过这些活动，我们让他懂得了春天是万物复苏的季节，而花朵除了阳光还需要水。

认真浇花的 Mitchell

　　我特意叮嘱保姆,孩子看的图画、挂图等东西,一定要挂在孩子视线所及的地方。玩具也应该尽量放在低的地方,让孩子随手就能拿到。所有摆在游乐屋里的玩具、纸、胶水、拼图和书本,都应该是孩子经常能用到且非常安全的。

　　很多家长会觉得,孩子这么小,能懂什么,放手让他们做会弄得不可收拾,还不如我辛苦些,做完就好了。其实这种想法大错特错。孩子虽然尚未成熟,想法和意见可能有些不切实际,但他们已经具备了独立思考的能力,其直觉、情感和想象力甚至比成年人都强得多。尤其到了两三岁,他们的自我意识就逐渐形成了,对许多事物充满了好奇心,很自然地会向家长提出"我要做"的请求,并为此兴奋不已,这其实是孩子一种非常正常的心理发展阶段。在这个阶段,就应该允许孩子大胆尝试,而不是越俎代庖,大包大揽,进而剥夺孩子锻炼的机会。也不要给孩子太多禁令,这也不能动,那也不许动。孩子小时候丧失了这些学习机会,长大了执行能力欠缺,做事笨手笨脚、畏首畏尾时,家长又会对此横加指责,这无疑是不公平的。

　　其实,对于不敢放手的家长,可以在孩子做事前先权衡一下,要是这件事孩子失败了,带来的最大危害是什么?如果孩子的身心健康无虞,大

我的二胎时代

可放手不管。事实上,在欧美家庭里,家长往往对孩子"放任自流",孩子出乱子的可能性反倒很小。他们的成功经验,值得中国妈妈借鉴。

比如,有一年冬天,外面突降大雪,Mitchell 突然对雪产生了兴趣,起床后,他看着窗棂上的雪花一动不动,喊他洗脸也不搭理,只说想张嘴尝一尝冰雪的味道。我没有阻止他的这个奇思妙想,立刻帮他换了衣服,包裹得严严实实就出了门。但我还是告诉他,外面的冰雪虽然好看,但含有大量的细菌,吃了肚子会疼的。我建议他用手摸摸,感受一下冰雪的温度和硬度。Mitchell 愉快地接受了我的建议。与雪近距离接触后,回到家,我帮 Mitchell 洗了个舒舒服服的热水澡,结束了这次奇妙的冰雪探险。

妈妈们应该尽量创造机会让孩子们自己纠错。Mitchell 和 Chelsea 也经常犯错,我要求保姆,不要急于指出孩子的错误,尽量少说"你错了"或"你做得不对"。Mitchell 和 Chelsea 做的决定只要没有造成什么身体伤害,

就应该坚决支持。同时，我告诉保姆，兄妹俩玩的时候，你们不要打扰，不要打断他们的专注力。

  Mitchell 两岁后，独立意识大大增强，他的每一个决定我们都非常尊重。他想学游泳，我们就满足他。每次想给他报兴趣班时，我们都会征求他的意见。我们想要他去 Gymboree 早教上学，也会问他是否喜欢。每天他想去哪里玩，想玩什么，包括出行方式，我们都会充分尊重他的选择。比如，周末到了，我们会问："Mitchell，今天你想去爬山还是去动物园？"或者"今天，你想去游泳还是去马场看马马？"Mitchell 说他更想去马场看马马，那么，全家人就会立刻行动。出门时，从衣服到鞋子，甚至帽子是什么款式，如何与上衣、鞋子搭配，都由 Mitchell 自己选择。

  这些细节，看似没什么，但对孩子的成长发育至关重要。我认为，家长最好不要试图去掌控和改变孩子，而应该努力通过这些生活点滴，培养孩子独立自主的思考能力。这样，他们将来就会成为一个有主见的人，并因此受益终身。

尊重孩子并非娇惯孩子,家长要把握好尊重的"度"。

"润物细无声",尊重孩子不是一朝一夕的事,但一旦坚持下去,就会产生非常明显的效果。在我们家里,Mitchell能够做很多主,待人接物热情大方、彬彬有礼,而且他遇事不慌,从不"怯场",遇到问题时总能开动脑筋想出办法。Chelsea虽然小,但她做出的任何决定,我们也都给予充分的尊重,绝不让她娇弱的心灵受到任何伤害。这样,每次看到他们自信满满的样子,我也放心了许多。

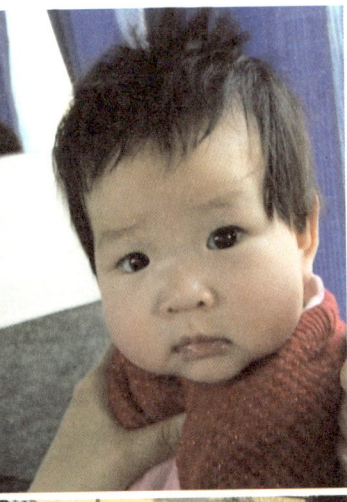

六个月的妹妹跟哥哥一起回广州看爷爷奶奶

两宝和谐，爱意丰盈

在我怀上 Chelsea 后，Mitchell 对即将到来的小妹妹兴趣颇浓。我明显地感受到，Mitchell 是觉得很好玩——就像他在幼儿园里玩过家家一样，他期待一个新伙伴的加入。

但妹妹真正出生后，我们抱着让他看时，可以发现，刹那间，他的眼神里流露出并不开心的样子。我知道，那是他潜意识中的一股敌意。

后来，即使是 Chelsea 碰一下他的书包，动一下他的玩具，Mitchell 都会推妹妹一下，甚至会"不小心"打她一下。有时候，因为受不了这种"失宠"的感觉，Mitchell 会变得不讲理、发脾气，还经常哭闹着黏 Mommy、Daddy，要分得一杯羹。

在 Chelsea 满月的时候，爷爷、奶奶、爸爸、我，还有众多亲戚朋友，在悠扬的乐曲中唱起《Happy birthday to you》，众星捧月般地围着妹妹。这时，我注意到 Mitchell 很不开心，一副被冷落了的样子。当然，Mitchell 很懂事，他也知道大家是在为妹妹庆生，所以并没有生气，只是忍着哭意，在一旁落寞地玩他的小汽车。我发现了 Mitchell 的孤独，就把他抱过来说："宝贝，你过来，妈妈和你在一起。"Mitchell 的眼神里立刻绽放出了欢喜的光彩。

心理学家曾做过幼儿是怎样接纳家中弟妹的研究。研究结果发现，在

MC 生日 Party 现场

弟弟妹妹出生后,母亲投注在哥哥姐姐身上的注意力和感情明显减少。过去哥哥姐姐集万千宠爱于一身,现在亲人都围着弟弟妹妹团团转。面对弟弟妹妹的遽然夺爱,他们自然会有被冷落的感觉,自然会进入激烈的手足竞争期,闹情绪也在情理之中了。同时,孩子是否可以安然化解嫉妒情绪,和自身气质也有关系。如果他们很敏感,那么妈妈想要养育二宝、三宝,甚至平时和别的小朋友互动,都要格外在意孩子的感受了。

另一些研究则表明,这一时期,有些孩子甚至会发生生物退化行为,比如他原本已经甩掉了奶瓶,但现在又开始要求用奶瓶来喝牛奶了;还有些孩子本来已经不尿床了,现在又开始尿床了;为了吸引大人的注意力,出现故意捣蛋的行为,如趁父母不注意时,偷偷地打或捏弟弟妹妹。从哥哥的角度看,这也是一种自然现象,因为他还没有产生爱护弟弟妹妹这种人类社会后天习得的伦常观念。

显而易见,如果父母处理不好大宝的情绪问题,长期让他们感到受了冷落,势必使其心理不平衡,并产生强烈的嫉妒心理,从而导致性格偏激,进而影响到孩子的一生。妈妈应该洞察大宝这种行为背后的深层原因,并采取恰当的方式来解决它。

面对这一棘手问题，为人父母必须尽快学会恰当处理大宝和小宝的关系，让他们和谐共处，这已经成为一项必修课。

首先要注意，出现这种现象后，不能一味地制止或责罚大宝，而是要追本溯源，及时安抚大宝的不安和失落；其次，对待大宝、小宝要一视同仁，公平公正。妈妈对孩子们的争风吃醋要进行心理疏导，及时干预、公平处理。妈妈不仅要告诉孩子"应该这样对你的哥哥"，还要使其明白"为什么要这样对你的弟弟妹妹"。千万注意不要使用那些可能激化矛盾的语言，如"你俩谁听话妈妈就喜欢谁""你玩自己的玩具，这个是妹妹的"这类的话，更不应该使用强迫的语气："妹妹多孤单，赶紧和她玩会儿！"

同时，要培育大宝的责任心，引导其做好榜样。使其意识到自己的身份不一般，对弟弟妹妹要多一份谅解，多一份照顾，只有大宝切实担当起了兄长的责任，才不会计较"争宠"之类的鸡毛蒜皮的小事。

实践表明，我的心思没有白费，Mitchell 逐步平息了对妹妹的妒忌，开始友好地对她。

现在，Mitchell 在小跑的时候会很在意不要碰到走路还不稳的妹妹。他在分发零食时非常公平，家里的成员每人一个，也不会忘记跑到厨房给保姆一个，而且会先让妹妹吃。结果几轮忙活下来，反而没有了自己的，逗得大家哈哈直笑。

Mitchell 很大度，会把自己的玩具分享给 Chelsea 玩，当然也会留下自己最喜欢的那个，比如会把红色的托马斯让给 Chelsea 玩，而把蓝色的"大嘀嘀"小火车留给自己。

而 Chelsea 也很喜欢哥哥，她在看 Mitchell 玩"大嘀嘀"时，会用小手小心地摸一下 Mitchell 的脸蛋，Mitchell 对此并不抵触，继续玩他心爱的玩具。兄妹二人之间一派祥和，我也非常开心。

有一次，幼儿园要求小朋友分享家的主题，Mitchell 骄傲地分享了自己和妹妹的故事，回来后还一字不差地复述了老师对他的评价。喜悦之情，溢于言表。

当初在怀上 Chelsea 时，我家 Mitchell 还不到两岁。那时我也担心，他们年龄相隔太近，Mitchell 能否在妹妹面前扮好"哥哥"角色？

带大小宝去上海迪士尼乐园

愉快的迪士尼乐园之行

仔细想想，这个担心其实没有必要。

有人认为如果两个孩子年龄差距太小，他们会为了争夺宠爱、朋友和玩具等你无法预料到的问题而轻易"开战"。后来的实践告诉我，哥哥Mitchell确实会任性胡闹，抢妹妹Chelsea的玩具或者推搡她，偶尔也会把妹妹弄哭。但从有利的一方面说，两个孩子年龄相差不大，可以让他们成为最好的玩伴。我住的别墅区里有一对来自美国佛罗里达州的夫妇，他们的两个孩子只相差十七个月。这位名叫Charlotte的女士对我说，她的两个孩子可以一起玩玩具，乘同一辆校车，一起参加业余足球队，他们是非常好的朋友。母亲的喜悦之情，溢于言表。

我也曾看过普林斯顿大学的一项研究，研究结果证实，假如两个孩子相差不到两岁，年长的孩子更容易适应新添的成员，因为在他内心，那种被别人替代的意识还不是很强烈，但年龄较大的孩子就会很在意这一点。同时，该项研究还认为，两个孩子年龄差距小会有助于家庭的团结——照

顾两个幼子的艰难会让最不情愿做家务的父亲施以援手。

应该说，Mitchell 和 Chelsea 在一起的日子，整体上是和谐的。有时候，Mitchell 也还是难以容下妹妹，随着时光飞逝，妹妹也会慢慢长大，开始懂事了，不再像小时候那样需要照顾了，她也会吃醋的。那时，他们之间的"争宠战争"可能会出现升级版……

但所有的这些，对于低年龄段的孩子来说，是再正常不过的事了。这有什么关系呢，随着时间的推移，他们会更懂事理，哥哥会更加爱护妹妹，妹妹也会更加尊重哥哥。对此，我充满信心。

孩子的美德是做人的基石

贝多芬要人们把美德留给孩子。这位在莱茵河畔奏响命运之曲的伟人告诫人们:"把美德、善行传给你的孩子们,而不是留下财富,只有这样才能给他们带来幸福——这是我的经验之谈。"

我想,每一个妈妈都不会否认培养孩子美德的重要性的,但我们周围那么多"怪小孩"又确确实实让我们头疼:他们霸占美食、玩具;第一次随妈妈出远门,就敢在飞机茶桌上随便拿别人的东西;自私自利、唯我独尊,似乎天底下没什么东西不应该是他们的。另一方面,由于一切都由父母包办代劳,他们动手能力弱,和小伙伴竞争玩耍时经常落败,就会变得胆小懦弱,遇到挫折只会哭鼻子找妈妈。还有的过分早熟,年纪轻轻就像个"小大人"一样指点评判,挑 Mommy 的不是,Daddy 的不对,让人哭笑不得。更有甚至,说谎撒泼信手拈来,胡搅蛮缠无处不在,让人无可奈何……

难怪人们会感叹,现在的孩子是"只知索取,不知付出;只知爱己,不知爱人"。

面对这种窘境,妈妈们应该怎么办呢?

要培养孩子的宽容心,让他们的心胸像大海一样宽阔,像麋鹿一样善良。

一个有宽容心的人天生无敌。他们性情温和、心地善良、人见人爱;

Mitchell 学会分享礼物

而性情偏激的人，性情怪诞、思想极端，人际关系差，人缘差只好走独木桥。现在很多孩子都是独生子，"4-2-1"结构下造就的"小皇帝""小公主"，从小就不知道宽容为何物，将来势必难以与人合作。

妈妈应该让孩子们拒绝自私，学会分享。

对孩子来说，最常见的分享就是遇到好玩和好吃的东西，他们会愿意给别人，并以此为乐。

从两个孩子的反应上来看，我觉得练习递东西给哥哥或妹妹，是学习与人分享的一个不错的方法。

我经常在水果盘里放许多水果。有时会让 Mitchell 从盘里拿一个香蕉给妈妈，拿一个给保姆，他自己拿一个。要是 Mitchell 不愿意把第一个香蕉分给别人，就重新排序，让 Mitchell 先拿一个，然后再给妈妈一个，保姆一个。在接到 Mitchell 递来的水果时，我们会对他表示感谢，还会不失时机地表扬他懂事。有时候，Mitchell 也不愿意配合。此时，我就会仔细给他做示范。如此多次练习后，我会增加参与者的人数，让 Mitchell 给更多

客人递食物。我也会安排年龄尚小的 Chelsea 在一旁静静观察哥哥的举动，或者参与游戏。时间长了，她也学会了不争不抢、与人分享。

  除此以外，我还引导 Mitchell 多交朋友，尽量创造条件请小朋友到我家玩。比如，Mitchell 的玩伴来串门，我会要求 Mitchell 把玩具拿出来跟大家一起玩。有时，我也带着 Mitchell 到别人家去。我印象最深刻的是每年万圣节时，小区里的小朋友们会从晚上六点开始挨家逐户地要糖。这一天，我们家也会按照习俗装扮一番，尤其是屋子外面，我们用几个大大的南瓜灯、蜘蛛网和稻草人进行装扮，吸引了很多小朋友来我们家要糖。每次小朋友来要糖的时候，我一定要求 Mitchell 亲自抓糖、主动分糖，而 Mitchell 和小朋友一起分享时也感觉非常开心。当然，这一天里，我们也会依习俗唱万圣节的歌谣，陪着 Mitchell 到别人家讨糖。Mitchell 对这些能和小朋友一起互动的习俗感到非常兴奋。

父母要有耐心，要培养孩子的分享合作精神。在幼儿园和小区大院里，我经常不失时机地鼓励 Mitchell、Chelsea 和小朋友们一起玩耍，通过集体游戏，孩子们会很自然地培养分享合作精神。每次看到他们三五结伴地玩在一起，我也感到非常开心，似乎看到了自己童年的样子。有时，我还会和他们一道，按照一些绘本里的故事桥段来做游戏，让小朋友们在游戏中学会分享。冬天下雪的时候，我和先生经常带着 Mitchell 和邻居小朋友一起打雪仗、堆雪人，其乐融融，尽情享受着冰雪带来的愉悦。

我们家也会经常举办 Party，在很多节日，比如圣诞节的时候，我都会准备些礼物，让 Mitchell 带到学校送给大班、小班的同学，和老师们一起分享。每当这个时候，Mitchell 就会欢喜雀跃，一副非常开心的样子。

同时，做家长的需要注意，如果遇到孩子实在不愿意分享的东西，也不必强迫。毕竟，孩子有自由分配自己东西的权力，我们也不愿意看到他们因此而委屈流泪。

我们还要努力让孩子养成一言九鼎、信守承诺的习惯。

诚信是立身之本。家长向孩子承诺时，要三思而后行，不要想当然地拍脑袋随口承诺。我经常见有的家长为了解决眼前麻烦，信口开河，只求孩子马上消停下来，结果没过几分钟就反悔了。长此以往，大人在孩子心目中的威望自然会降低。

在我们家，不管是谁，只要在孩子面前做出的承诺，必须兑现，不能有丝毫含糊。这方面，我一直谨言慎行，坚持在孩子面前树立一言九鼎的形象。

有一次，Mitchell 哭闹个不停，保姆为了息事宁人，答应 Mitchell 去他喜欢的超市买东西。半小时过去了，保姆径直去做晚饭了，早将自己的允诺忘到了九霄云外。

"阿姨，你刚才答应带 Mitchell 去买东西，怎么就没下文了呢？"看到这一幕，我忍不住问保姆。

保姆忙得不亦乐乎。她一边切菜，一边满不在乎地说："太太，你不知道，刚才为了哄 Mitchell 不哭，就那么一说。您还真当真啊？"

圣诞节爸爸扮成圣诞老人给 Mitchell 的同学发礼物

保姆将菜放进锅里，又拿起了铁勺："您看，他现在情绪已经稳定多了，也忘记那事了。咱们快别闲聊了，赶紧做晚饭吧！"

"不行！你答应孩子的事情，一定要信守承诺。否则，孩子将来再也不会相信你了。"听了保姆的话，我觉得不可思议，"而且，总是这样的话，孩子也有样学样，他也会随便承诺别人，慢慢地就会养成不负责任的习惯。"

保姆恍然大悟，赶紧放下烹饪用具，给孩子麻利地穿上鞋，就带着他去了那个超市。Mitchell 回来后，脸上露出了快乐的微笑。

Mitchell 小时候，有一次因为不愿意擦脸，就在洗澡间里哭闹。保姆为了稳住他的情绪就随口说："Mitchell，你看上面，是不是有一只蝴蝶在飞呀？"

Mitchell 信以为真，抬头去找他心爱的小蝴蝶。就在这当口，保姆"抓住机会"，猛地给 Mitchell 擦了一把脸。

我在旁边目睹了这一幕，非常生气。

"阿姨，哪里来的蝴蝶？为什么要和孩子说有蝴蝶？"我诘问她。

保姆支支吾吾："太太，你不知道，这么一说，不就能给他洗脸了吗？"
我说："不错，这样做，孩子是洗脸了，但他会知道你是在骗他的。"

"这么小的孩子懂什么呀！"保姆争辩道。

"这不是闹着玩的。他这么小，经历的每一件事都是在不经意间对他的教育。你所有承诺他都会记住，如果你说话不算数，他以后也会像你一样，可以随便承诺别人。"我斩钉截铁地说。

"太太，你太严肃了，跟宝宝开个玩笑也不行啊？"保姆讪笑着说。

我摇摇头："不行！对孩子的所有承诺，一定要兑现！"

还有一次，Mitchell 有些不高兴，闹着要出去玩。我认真地对他说："好的，宝宝，你吃完这顿晚饭，妈妈带你出去玩。"

但天不遂人愿，晚饭后突然起风了，并且眼看要下雨了。但我为了遵守诺言，还是准备动身外出。

保姆说："太太，马上要下雨了，孩子也吃完饭了，您还出去干吗？"

我一边拿伞一边说："不行，孩子吃晚饭的条件就是带他出去玩，我答应了的事，不能不算数。"

于是，我和 Mitchell 拿起雨伞，顶着风，出门去玩了。

大家可以看出，在我们家里，点滴之间，说到就必须做到，大人要给孩子做最好的榜样。我们认为，只有这样做才能培养孩子信守承诺的优良品质。

因为担心 Mitchell 咳嗽，当夏天气温不超过 35 摄氏度时，我是不允许他吃冰淇淋的，也不能喝可乐等碳酸饮料。孩子一开始不习惯这种约定，不停地试探我的底线。但我坚决执行，也不失时机地给他讲一些重信守诺的故事，文火武火、双管齐下，慢慢地，孩子也接受了这个事实，不再因为这事缠人了。现在，在坚守承诺的前提下，每当 Mitchell 觉得天气热得受不了向我提出想吃个冰淇淋时，我总会愉快地答应他。Mitchell 也无意中接触到了原则和变通的关系，对他日后的成长很有好处。

熟悉礼仪，讲究仪表的乖巧孩子总是更惹人喜爱。

我非常注重培养孩子的礼仪，并把它作为了 Mitchell 和 Chelsea 的"必修课"。我的要求是：接受礼物，要立刻致谢；做错了事，要主动道歉；见到熟人，必须主动问好；如需别人帮助，要学会说"请"；来了访客，要

我们经常带 MC 去大自然中走走

主动欢迎，客人离去，要微笑告别。这方面的效果也很明显，现在 Mitchell 一听到门铃响，就会抢在大人前面开门，热情地招呼客人。

同时，我告诉 Mitchell 和 Chelsea，一定要从小养成讲究仪表的好习惯。我经常和他们一起观看一些讲究礼仪的动画片，如《巧虎》《Peppa Pig》等。我会用浅显的语言告诉他们，注重仪容仪表，不仅是尊重自己，也是尊重他人。

我们一直都将美德教育视为教育中最重要的事，在生活的点滴细节中培养 Mitchell 和 Chelsea。现在，Mitchell 和 Chelsea 俨然已经成了大家眼里的小绅士和小淑女。

节约是一项非常崇高的美德。

家里有一位保姆给孩子做辅食，有时候会做得多了——比如水果买多了——她就会扔掉。每次看见这一幕，我都会要求她不要浪费，把剩下的水果拿给我，我觉得浪费了实在可惜。可保姆却有些不高兴。有一次，她径直对我说："太太，我在很多家做过保姆，别人家里经常剩饭，那些吃剩的饭菜、水果看都不看一眼就倒掉了，只有你会吃孩子吃剩下的水果。真没见过你这样节约的人呢！"

我能够理解她的心情：一方面，做多了导致剩饭，这表示她没有掌握好饭量；另一方面，我把做多的吃掉，她会认为那是我是在表演给她看。

我向她委婉解释："节约是一种美德，这跟家业大小没有关系。从小就养成的良好生活习惯，对未来有着深远的意义。"保姆听了，点点头，默默地离开了。

我之所以这么做，是知道越是条件优越的家庭，就越要养成节俭的习惯。我曾看过一则新闻，新闻说英国王储查尔斯以节俭著名。他在举办晚宴的时候，因为空调暖气未能开足，令很多女宾倍感寒凉，有人冻得几乎感冒。这则消息，一时被传媒视作节俭之典范。王储尚且如此，我们普通人自然更应该时时刻刻提醒自己爱物惜物。

我的以身作则对 Mitchell 感染很大。吃饭的时候他会挑食，不喜欢吃的就吐出来，我就跟他讲道理，说农民伯伯种粮食不容易，浪费粮食是不好的行为。如果他不想吃就跟我说，不要吃进去再往外吐。别看孩子小，其实跟他讲道理都能明白。后来他再遇到不喜欢吃的食物时，就会直接说："妈妈，我不想吃了。"

有些时候，Mitchell 看见厨房的水龙头没有关好在滴水，就会喊叫，指给我们看，示意我们关上。有时候房间里的灯没有关，他也会要求关上。

公德是美德的基础，一个没有良好公德的孩子，你是无法指望他具备良好私德的。

我们家请过一个保姆，专门负责 Mitchell 的保育工作。

有一次，她洗好一个苹果，然后带着 Mitchell 出去玩了。没多久，Mitchell 跑了回来，嚷着饿了。我问保姆，Mitchell 吃苹果了吗。她说，Mitchell 吃了一点就不小心把苹果掉地上了。她觉得脏，就没让 Mitchell 捡，直接带他回来了。听到这里，我立刻问保姆剩下的苹果现在在哪里。好动

万圣节 Mitchell 扮成埃及小王子

的 Mitchell 赶紧指给我看。我抬头一看,离门三四米的地方,半个苹果正安静地躺在那里。

"阿姨,请带着 Mitchell,把那个苹果捡起来扔进垃圾桶里。"我对保姆说。

保姆知道我一向对这些小节非常重视,立刻二话不说地走了出去。小 Mitchell 也赶紧小跑着跟了出去,一边跑一边还说:"阿姨,让我来扔。"

回来后,保姆不好意思地对我说:"真是惭愧,我还不如 Mitchell 懂事呢!"

Mitchell 一岁三个月的时候我们还雇过一个保姆,但没过多久就无奈地辞退了。这是怎么回事呢?

这位保姆手脚勤快,干活方面无可挑剔,就是私德不太好。有一次,我们结伴出去,Mitchell 喝完了盒装的芒果汁,保姆把空盒接过去后,顺手就扔在了小花园里。我见状赶紧劝阻她:"阿姨,不能乱扔垃圾啊,你看旁边不就是个垃圾桶吗?你这样随手乱扔东西,对 Mitchell 影响多不好。"那位保姆神色不悦地道:"那个垃圾桶要开盖,手容易弄脏,我就不好给 Mitchell 拿食物了。"

我说:"你出门的时候带一个垃圾袋吧。吃完用完的盒子果皮这类垃圾就先放在垃圾袋里。最后把垃圾袋扔到垃圾桶里不就行了吗?"保姆含含

万圣节大家一起讨糖果

糊糊地答应了。但后来，我发现她还是改不了乱扔垃圾的习惯。

又有一次，那位保姆一声不吭就带着Mitchell跑到邻居家的后院里玩了。我知道后很不高兴，说她怎么能招呼都不打就直接去人家的后院呢！她还一个劲地辩解："太太，都是邻居，您干吗那么较真儿啊！"我说，这是尊重别人的表现，不说这里是别墅区了，就是普通住宅，去别人家里也得先敲门吧！

诸如此类的事情，在这位保姆身上时有发生，最后，我和先生考虑再三，还是辞退了她。而这位保姆走后，其他保姆都清楚了我和先生对孩子的要求，也就更加注重自己的言行了。

此外，我们会经常带着Mitchell和Chelsea兄妹去感受大自然：让他们看葱郁的森林，听婉转的鸟鸣，接受太阳的照耀，感知大自然的恩赐和人生的美好。感恩一切，才能保护环境、爱护动物，才能节约资源。内心有爱的孩子才能从渺小走向博大，树立高尚的品德。

种瓜得瓜，种豆得豆。

现在，Mitchell非常善解人意。我怀孕时有打坐念佛和禅修的习惯。通过禅修，我给自己带来的，不仅是平心静气，还有儿子的善解人意。我怀

着 Chelsea 时，有一次正在禅修打坐的静默中，Mitchell 跑过来看了看我，看样子是想要我过去陪他玩。但看到我静默的样子，他站在旁边安静地看了一会儿就走开了，去外屋默默地一个人玩玩具。这一幕，让我感动而且欣喜。

美国鹿特丹大学的麦金太尔教授在《追寻美德》一书中谈道：德性是一种获得性人类品质，这种德性的拥有和践行，使我们能够获得实践的内在利益。缺乏这种德性，就无从获得这些利益。我相信像我们这样用尽心思地帮孩子培养美德的付出，未来一定会收获更多更大的恩惠。

培植EQ，培育和谐

哈佛大学心理学教授丹尼尔·戈尔曼认为："一个人的成功，智商（IQ）占20%，情商（EQ）占80%。情商高低是一个人能否获得成功的关键。"

一个人能否拥有高情商，和童年时期所受的教育密不可分。

情商是一点一滴培养出来的。针对Mitchell和Chelsea的特点，我对他们进行了有针对性的情商开发。

Mitchell性格温柔，属于比较慢热的性格。我就经常鼓励他和其他小朋友们多交往、多相处。到了幼儿园，我会让他主动和小朋友握手、打招呼。见了老师，我也经常向他们了解Mitchell的学习和生活情况。老师们向我反映，Mitchell特别喜欢和老师在一起交流、玩耍。

在公共场合，我也有意培养Mitchell的情商。

有时候，Mitchell找不到洗手间。我就鼓励他："Mitchell，你可以问问那个保安叔叔洗手间在哪儿。"

Mitchell就会迟疑着走过去和保安交流，从而圆满解决问题。现在Mitchell出门玩的时候，他基本上知道怎样和大人进行一些简单的交流。

慢慢地，Mitchell的性格也逐渐开朗起来。公公婆婆、爸爸妈妈和其他亲朋好友经常来我家聚会。每到这个时候，Mitchell就表现得非常高兴，他主动和每个人友好地拥抱，而在这种亲密接触间，孩子的情商也在慢慢提高。

  为了培养 Mitchell 的社交能力，我煞费苦心。在我们这个园区，小孩特别少，这让我非常犯愁。在小区里，每碰到一个小孩，我就恨不得马上邀请人家到我家玩。后来我就尽可能多地带 Mitchell 去参加早教课程，让他开眼界、交朋友。这种"社群活动"还是比较有成效的。慢慢地，每次带他出去，不用帮 Mitchell 打招呼，他就会很热情地冲着自己的那些玩伴跑过去，而我，只需要在边上叮嘱他们注意安全即可。

  Mitchell 在和别人交流的时候，我会有意识地观察他的反应，然后有针对性地指导他如何与人聊天。

  现在的 Mitchell，更加开朗、大方。有一次，我们一起出去吃饭，他看到一个外国人牵着一只小狗。他非常喜欢小动物，就主动跑过去摸人家的小狗，还主动和那位外国人聊天。

  Chelsea 则个性活泼，拥有很强的行动力和社交能力，她最喜欢和哥哥在一起玩了，也喜欢和陌生人互动。半岁左右，见到外宾来家做客，

三岁的 Mitchell 获得的人生第一枚奖牌

Chelsea 也会主动握手。大家都夸 Chelsea 是个既美丽又开朗自信的小公主。

　　毋庸讳言，现在的社会很复杂，有些家长就过于谨慎，告诉孩子这个社会坏人很多。我觉得这种教育理念值得商榷。孩子是一张白纸，家长向他灌输什么，他就相信什么。如果孩子脑海里充斥了大量的负面信息，就会自然而然地产生强烈的恐惧感——他会觉得这个世界上的一切都是不可靠的，自己所处的环境也是不安全的。在这种不安的心理暗示下，本来他想积极主动地讲礼貌，与别人打招呼，甚至做更进一步的交流，却会变得畏畏缩缩、踌躇不安。因此，为了不干扰孩子们的正常情商发展，我建议家长朋友们，必要的"负面"教育最好在孩子五岁以后再开始。

三岁的 Mitchell 登上美国大使馆的舞台表演

刚柔"谈判术"

"等会儿关,等会儿关!"

"不行,已经超过半小时了。你得说话算数!"

"再看五分钟……"

"不行,已经拉钩的事,不能变卦!"

"就五分钟……"

"啪!"

接着传来孩子的哭闹声:"别关,别关!"

……

想必大家对这一幕并不陌生。

这番对白,经常发生于有小朋友的家庭里。

是的,几乎每个有小孩的家庭都要上演这一幕,也包括我们家。

上文那位哭闹的帅哥,不是别人,正是我家的 Mitchell。

别看我在公司里是个雷厉风行的管理者,可面对这位软硬不吃、无理也要闹三分的"小骑士",开始时我还真拿他没有办法。

十几年笑傲商场的"拼女王"会被小孩子难倒?我眉头一皱、计上心来,慢慢地,就总结出了一套专治"难缠"小朋友的不二心法。

那位着急递茶的阿姨莫急,且听 MC 妈咪娓娓道来。

正在玩耍的 Mitchell

这个不二心法，名叫"谈、判、式、启、迪、教、育"。没错，连起来就是谈判式启迪教育，意思是家长面对孩子的无理要求，要学会运用谈判的方法巧妙应对，以达到令孩子"守规矩"的作用。

让我们仔细回忆一下吧。在我们抚育孩子的过程中，是不是时刻都在和孩子"谈判"？相信没有妈妈会否认这一点。

学会和孩子谈判很重要，因为恰当的谈判可以培养孩子守规则的意识，这将使他们终身受益。一个很有趣的现象是，有的小孩，平时在家里是乖乖仔，一到学校就"变坏"了，这是为什么呢？我感觉，这与家长没有培养好孩子懂事、守规矩的习惯有很大关系。那么，我们究竟该如何和孩子们"谈判"并让他们遵守规则呢？

最重要的，是家长要有自己的"底线"。也就是说，在底线内，凡事都是可以和孩子商量的；而一旦孩子越过红线，家长必须亮明自己的态度，并且绝不退让。

同时，家长在坚守底线的同时，也要学会灵活变通。

许多时候，我会对孩子说，宝贝，你只能看一集，看完后，我们一起去外面骑脚踏车，好吗？

这时候，孩子的注意力就会被后一个对他更有诱惑力的建议所吸引，

从而达到和谐谈判的效果。

　　Mitchell 两岁后学会了玩 iPad。他很快上瘾，拿起来就不忍放手。iPad 对他来说，最大的用处就是看动画片。而且，在他的意识里还没有"克制"的概念，看完一集又一集，往往能连着看好几个小时。我采取的就是转移注意力的办法，效果还是很好的。我会根据动画片里的情景临场发挥，比如 Mitchell 在看一个小火车的动画片，我就会立刻拿出积木拼出一个小火车，然后吸引 Mitchell 的注意力，让他跟我一起玩积木。

　　采用谈判方法时需要注意的是，这些方法应该在孩子三岁前就大量使用，进而培养起孩子守规矩的习惯。三岁前的孩子懵懂无知，内心正处于对规矩的探索中，家长引导孩子树立正确的规则，孩子就会接受并形成习

惯。超过三岁的孩子基本上已经摸透了家长的底线和习惯,家长再去谈判就会收效甚微。

Mitchell 喜欢玩滑滑梯,每次去都长时间赖在上面不下来。我就和他"谈判",允许他再滑三次就回家。到了第三次,Mitchell 眨巴着眼睛说:"妈妈,我还要玩,还要玩。"这时,我就会一脸严肃地告诉他,定好的规矩不能破坏,你必须遵守。而且,现在回家,妈妈还会给你吃火龙果。一想到有他最爱吃的火龙果,Mitchell 立刻眼里放光,他一下子站起来,连声对我说:"好好好!我现在就跟妈妈回家。"于是,一场即将到来的"战争",就这样被悄无声息地扑灭了。

有时候,类似的谈判是一场艰苦的"拉锯战"——我和 Mitchell 往往要反复谈二三十次,直至 Mitchell 发现,妈妈的意见就是铁律,无论怎样哭闹,最终都无法改变这个规则,慢慢地,他也就接受了,适应了规则。

徜徉在知识的海洋

我家前廊右侧是印尼著名画家兼摄影师，同时也是我们的印尼亲戚亲自创作的巨幅艺术画，寓意吉祥，而且有着深厚的多元世界文化底蕴。左边是主色调为深褐色的美式会客厅。会客厅里还摆放着国际象棋和立式地球仪等物件。Mitchell经常抚摸着这个小小的圆球"指点江山"。客厅里还陈列了一些我和先生的奖杯及各种采访杂志，供孩子们和客人翻阅。

宽阔的客厅洋溢着浓郁的法兰西风情，从窗帘、壁纸、沙发靠背乃至椅子上的纹饰，全都是欧式的大马士花。客厅左壁，是一幅我们定制的砂岩壁画，画面巧妙地将凡·高的向日葵和毕加索的和平鸽设计在了一起，既表达了我们热爱生活、热爱和平的价值取向，又含蓄地纪念了欧洲的两位最杰出的油画大师。整个客厅，细节之处，可窥匠心。通过营造这种艺术氛围，我们希望能激发孩子的艺术灵感，提高他们的审美情趣，让他们爱上绘画。

会客厅里则摆放了文学、历史、音乐等各种类别的世界名著。二楼是我和先生各自的书房。三楼是Mitchell和Chelsea共用的书房，里面有专门为他们购买的儿童书架——不高，但精致安全，方便小孩取阅。

四个独立的书房井然有序、书香四溢。

但这也引起了来客的好奇："书房一个还不行吗，干吗要搞这么多？"

Mitchell 探索立体博物馆

有些人则不无揶揄地打趣:"你们这是'书架工程',你们是'书香型 leader'啊!"

有时候,立于这琳琅满目的书海中,我也不禁问自己,是啊,书房有一个还不行吗,为什么要弄这么多?

其实,我之所以要在家里如此用心地设计这么多书房,大有渊源。

我嗜书如命。先生经常逗我:"'女子无才便是德',女人读书不宜多。"刚开始我不明就里,非要问个究竟。先生品上一口咖啡,慢条斯理地蹦出如下字句:"为什么?因为在男人心里,大专生是小龙女,本科生是黄蓉,研究生是赵敏,博士生是灭绝师太,硕博连读更可怕——是传说中的'东方不败'!"

然后他睁开眯缝着的眼睛,"不怀好意"地冲我坏笑:"你现在不是台大和复旦的双硕士嘛,你要不是灭绝师太,那谁能担得起这份'殊荣'?"

此言一出,我不禁柳眉倒竖、杏眼圆睁,一声低喝:"那我就先灭了你!"然后,先生就被我顺势"赶"到健身房的跑步机上去了。

先生被"绳之以法"后,我自己也忍俊不禁。仔细想想,他的这番话还真不是空穴来风。

我对书的感情确实很深。2007年,我从新加坡回国时,拿了四箱行李,其中三箱是书,只有一箱装了衣服。我父母觉得很奇怪:你一个女孩子,拿这么多、这么重的书干吗?那三箱沉甸甸的书严重超重,为此得多花多少机票费啊!再说,你一个女孩子,不说轻车简从、潇洒归来,非要弄得这么舟车劳顿,真是不可思议!现在网络多发达,你的这些书,花点钱去网上下载下来不就结了吗?

父母的心意我明白,但他们不清楚,这是我2007年前,在书页上做了大量笔记的书,这些书,大部分都没有电子版,有些甚至已经绝版了。最

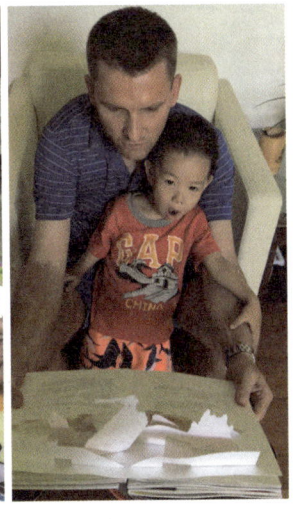

重要的是,我写下的大量感想、导图,那些亲笔写上去的、工工整整的笔记,我都为自己感动,怎么可能轻易抛弃呢?

就这样,我一个弱女子,硬是将三大箱书加一箱衣服拖回了国内。

直至现在,我一出国,下车伊始,第一件事就是考察当地的书店。因为我深知,想了解一个国家是否真正兴旺发达,最重要、最可靠、最便捷的方法就是了解这个国家出版的图书的质量。该国的国家精神,也可从以图书为代表的文化事业中管中窥豹。这是一个很重要的理念。我在美国、欧洲和亚洲的一些大城市,对此做过深入调研,发现这一理念适用于任何一个城市。

正因为我对书有这样的痴迷情结,所以在装修房子的时候,我就大胆规划了四个书房,在和先生商量之后,他击掌赞成。然后,我按照这个思路和设计师做了沟通。设计师按我的要求,在不同的区域开辟出四个别致的书房。

这么多年下来,我家的书房里摆满了各种名著和众多名家的签名赠书,数量之多,内容之丰富,即使说不上汗牛充栋,也足以让我们驻足流连了。

我之所以要花这么多的心血来营造这个工程,除了满足自己的爱好外,还想让孩子能时刻置身于书香氛围里,在耳濡目染中,养成热爱阅读、钟情学习的好习惯。

阅读在早教中所扮演的重要角色几乎人尽皆知:最关键的是,读书属

我们家的书房

于"深阅读",可以培养孩子的想象力。一个很浅显的例子是,动画片看久了,动画形象就会固化在孩子的脑海里,他们就会在思维上形成定式。但读书不一样,比如妈妈们在给孩子讲《三只小猪》的故事时,他们的脑海里就会浮现出三只小猪和猪Daddy、猪Mommy的生动形象,而这种形象,是他们基于自己的理解能力和想象力的一种再创造,当然非常重要。

同时,阅读可以增强孩子的语言能力,孩子可以通过阅读领悟复杂的意境,感受语言的美妙;可以开阔视野、增加知识,培养独立思考的能力,这对孩子未来的学习大有裨益。另外,家长在和孩子的亲子阅读过程中,可以增进亲子感情,营造和谐的家庭氛围,可谓好处多多。

就以三楼孩子们起居室里的书柜为例,在图书内容的选择上,我着眼于国际化和综合性。我为孩子们购置了世界各地品质最好的书。以其中一本诗集为例,书中一百位诗人中,中国诗人占二十位,其余八十位全部是域外名家，其中不乏泰戈尔、雪莱、普希金、歌德这样蜚声世界的诗人。在给 Mitchell 和 Chelsea 读诗时，我注重分析孩子理解能力上的差异，每天只读三首，让他们充分享受含英咀华的美好。我相信，通过这些不懈努力，孩子们会奠定比较坚实的文学基础，这对培育他们尊重生命、热爱生活的品质，培养他们的浪漫情怀大有裨益。

中国是个文化大国，具有悠久的文明史，对于中国文化，家长们理应更加珍视。但因为 Mitchell 和 Chelsea 还很小，像《三字经》《弟子规》这些蒙学书籍，现在还不大适合阅读。而唐诗节奏好、韵律强，读起来朗朗上口，阅读唐诗对培养孩子的美感和语言能力很有好处。因此，我们会在孩子们玩耍的时候用国学机放一些唐诗宋词和古典音乐，帮助他们在潜移默化中获得春风化雨般的灵性滋养。我不要求孩子们死记硬背，而是和他们一起诵读经典唐诗，同时为他描绘诗中所展现出来的美景和情感。这样，有了浅显的理解，他们背诵起来就更加流畅了。同时，我也不会要求孩子们在客人面前背诵显摆，我觉得，感受唐诗中的美好，是一件非常私人的事。"熟读唐诗"是每一个中国人都应该做到的，不应该也没有必要拿出来炫耀。同时我在想，等他们再稍微大一点的时候，我会用宋词、元曲等国学经典来熏陶他们，让他们成为"中国派"的世界公民。

当然，Mitchell 和 Chelsea 更喜欢的是时下流行的文学绘本和音乐绘本了，他们往往被绘本中的美丽场景所感染，有时候自己也会拿起彩笔信手涂鸦。看着他们临摹得有模有样的作品，我总是忍不住要亲他们一下。在绘本的选择上，我比较注重那些"久经考验"的作品——在欧洲已经传承了好几代人的经典作品，比如《Peter Rabbit》《Biscuit》等。

我们的藏书中，英文原版书比例比较大，这主要是希望孩子们能在阅读原汁原味的外版原作时，能更好地领略作品的精妙。随着印刷技术的进步，现在立体书的样式也越来越丰富，这类型的书深受 Mitchell 和 Chelsea 的欢迎。

立体书被称作 Pop-Up Book(pop-up 是弹出的意思)，也有人称为 Movable Book(可动书)。立体书创造出的三维立体空间，给孩子主动发现和努力探索未知世界提供了可能；书里具有艺术美感的图像能提高孩子的鉴赏能力，有助于幼儿理解事物，激发幼儿的探索欲和求知欲。

于是，我针对 Mitchell 和 Chelsea 的年龄段特点，大量购置了这类型图书，以培养他们的空间感和想象力。

我还经常在孩子们的起居室里向他们普及自然科学知识。比如，起风的时候，我会告诉 Mitchell 和 Chelsea，外面的风很大，我们应该多加衣服。刷牙时，我会信手从他们的书架上拿出相关绘本，告诉他们为何要刷牙、如何刷牙。我和先生在他们的起居室里放置了一个太空舱。在那个 Q 版的、圆圆的太空舱里，我们经常打开阁楼的屋顶，一起用望远镜瞭望星空。在孩子们好奇星星到底离我们有多远时，我会不失时机地给他们讲张衡、伽利略、康德与星空的故事。如果天气好的话，我会建议孩子们拿着自己心爱的图书去外面野营。

为了让孩子多看一些有益于心身健康的书，家长一定要睁大慧眼，扮演好为孩子"选书"的重要角色。Mitchell 从八个月开始，我就给他订阅了巧虎乐智小天地，里面有图书、光盘，也有各种玩具，通过生动活泼的形式，让孩子们养成分享、互动的好习惯，培养讲礼貌等基本素养。

我的建议是，在给孩子选书的时候，要注意根据他们实际的身心发育阶段和心理年龄来确定，切勿好高骛远、操之过急。Mitchell 刚满三岁，Chelsea 也只有一岁，伊索寓言固然美好，但此时给孩子们讲显然并不合适，强行灌输反而会激起他们的逆反心理。

同时，我也不会让孩子们读开本太大、太厚的绘本。书太厚，孩子看上半天，一瞅，还不到十分之一，霎时就会泄气，好不容易积累起来的成就感也会消失殆尽。我专门给 Mitchell 订的那些儿童绘本，大部分只有十页左右，很快就能读完，读完后 Mitchell 会非常满足。

所有给孩子看的动画片，我都要充当"检察官"的角色，自己先看。我向 Mitchell 和 Chelsea 推荐的动画片，如英文原版的《Peppa Pig》，他们看得津津有味。还有就是迪士尼出品的《米奇妙妙屋》《小公主索菲亚》等，也是他们的最爱。像那些获过奖的经典动画片，如奥斯卡的动画片，更是大受欢迎。尊重版权起见，一般情况下，我们和孩子一起用心去选购原版碟片，然后在家庭影院里播放。

家长还应该科学利用好教具。Chelsea 虽然还小，但我也像教 Mitchell 一样，开始鼓励她学习原版的英文儿歌、诗歌了。为此，我在家也配套了

一些幼儿园的教学用具,"A ONE 1,B TWO 2,两个球,两个棍子,两个字母,3是三个……"通过歌谣,配以教具,将大小、上下等抽象概念非常形象地表现出来了。

我们跟其他孩子的父母一样,都很重视孩子的英文教育。因为语言离不开环境,离不开实践,因此,我们就千方百计给孩子创设一个良好的英语学习环境。我们给孩子们提供了英文原版的绘本,并在iPad Store里帮孩子们下载一些学英文的App,如《英语王国》和《叽里呱啦》等,以提升他们的英文学习兴趣。同时,孩子们每天晚上都听英文故事,唱英文歌。我们利用复活节、万圣节、感恩节、圣诞节等节日,在跟小朋友的游戏活动中,通过全家演唱英文歌曲,帮助他们学单词。

我的观点是,不要为了学而学,而是要让孩子在潜移默化中完成学习。就像鱼儿离不开水一样,英语也像空气一样充斥在我们生活中,所以孩子们在英语学习上进步很快。在轻松愉快的学习环境中,Mitchell还不到两岁半,就可以唱三十多首英文歌了。现在,Mitchell在一家美国国际学校上学,和老师同学交流没有任何障碍。

此外，我还经常带孩子们去图书馆、阅览室之类的公共阅读场所。让孩子们徜徉在书的"海洋"里，充分发挥想象力，感悟图书带给他们的身心快乐。有时候，我会利用周末的休息机会，领着两个孩子去科技馆、立体博物馆等少儿科技场馆参观，让他们能真切感受到在书本里学到的知识。

"读万卷书，行万里路。"读书久了，我们也会带着 Mitchell 和 Chelsea 去大自然走走，让他们接受自然的"教育"。在森林里，我会借机指着树叶对 Mitchell 说："Mitchell，你看，这棵树叫红枫树。为什么叫'红枫树'呢，因为它的叶子是红色的。树叶是怎么长起来的呢？必须要有阳光、雨水和空气。有了这些东西，它才能发芽，秋天的时候才会结果。" Mitchell 和 Chelsea 会饶有兴趣地听这些自然现象。

需要注意的是，在培养孩子养成爱读书的良好习惯时，家长尤其要防范来自电子阅读的冲击。现在科技发达，尤其是互联网带来的阅读碎片化趋势，已经令越来越多的有识之士开始担忧。在我们的家庭生活里，经常出现这样的场景，一家人相对无言，全都默默地玩着手机。不错，手机上也有很多电子书，信息量也一样大。但一目十行式的碎片化电子阅读会让人丢掉阅读的快乐——这正是纸质阅读的灵魂所在。大家可以回想一下，当我们拿着一本心仪已久的好书饥渴阅读时，那种享受无疑是由内而外的，一种由目达心的快乐。要是我们全家各拿着一本书，四个人静静地围在一起阅读，然后拿着笔去思考去做笔记，那将是何等唯美和惬意的事啊！这种感觉，绝不是高科技，比如机器人对话、智能通话等时髦阅读方式所能给予的。

事实上，尽管电子阅读的范围越来越广，但在欧洲和美国，许多人还是喜欢传统的纸质阅读方式，他们很珍惜围在壁炉边看书的感觉。哈佛大学里通宵达旦学习的情况非常普遍，每天凌晨四点，图书馆里已经座无虚席。在西班牙的地铁里，我们经常可以看到如下的提醒："请注意：不要让看书耽误了你的行程。"这些都表明，传统阅读不会因为科技的冲击而迅速消亡。

有些家长因为工作忙，实在没时间也没心情静下来看书，但为了给孩子做个好榜样，往往会拿出一本已经看过八十遍的大部头在孩子面前做样

子装着看,读书沦为"面子工程"和"作秀走过场"。

　　我觉得,这些用心固然良苦,但意义并不大。孩子是很聪明的,你是全神贯注还是心不在焉,他观察得很清楚。你滥竽充数,他也一定会有样学样。所以,家长一定要端正态度,真正认识到读书的意义,真正沉浸到阅读中去,才能对孩子形成切实的积极影响。

　　一言以蔽之,读书这件事,家长也要表里如一。

　　不管孩子多小,读书必须持之以恒,不能一曝十寒。现在,Mitchell 放学回家,我就会给他拿出书读。Chelsea 虽然还小,我也会花时间陪她读书。在时间安排上,我要求 Mitchell 每天至少读半个小时,多则不限。这样,我们每天抽出半个小时,大家围坐在一起,一起阅读,共同培养这个优良习惯。

　　在全家人的不懈努力下,Mitchell 和 Chelsea 的阅读能力进展飞速。

　　现在,每次我给他们讲故事,他们都会说好多话,积极地和我互动。我在给他们讲故事时,会启发他们:"Mitchell,Peppa 刷了牙,牙齿白不白?""Peppa 去超市了,买了好多好多东西。猜猜看,她会买些什么呢?""Peppa 坐电梯,她去哪儿了?"这时候,Mitchell 和 Chelsea 就会叽

叽喳喳地回应我。

而每每看到他们争先恐后地回答问题,我也会欣慰地笑起来。

我坚信,滴水穿石,如此持之以恒地坚持下去,一定会让孩子养成爱上阅读的好习惯。

和机器人一起学习

培根说:"科学真正的与合理的目的在于造福人类生活,用新的发明和财富丰富人类生活。"

随着社会的进步,妈妈们越来越关注对学龄前儿童的早期教育。随着科技的进步,宝宝的早教产品中出现了越来越多的高科技产品。现在的"80后"潮妈潮爸使用的育儿产品,已经完全颠覆了父辈的老传统,各种高科技的育儿产品受到年轻一代父母的热捧,什么催眠玩具、无线婴儿看护器,甚至还有"踢被提醒器"等,大大超出了老一辈人的想象。科技改变成年人的生活,同时也在改变我们孩子的童年。

为了让 Mitchell、Chelsea 更好地拥抱大数据时代,我让他们很早就接触到了 iPad、电脑等高科技产品。在家里,扫地机器人也随时会从 Mitchell 和 Chelsea 身边穿过;Alpha 1S 机器人会唱歌、跳舞、做俯卧撑等各种高难度动作,逗得两个孩子哈哈大笑。我们家的机器人小白第一次开口讲话说的是:"你好,我的名字叫小白!"突然听到这种只在电视里才出现的机器人"怪声音",孩子们开始时也很惊异,但很快就接纳了。现在孩子们都非常喜欢和机器人互动。Mitchell 会问小白很多问题,而这些问题有时是我们家长或老师不屑回答或回答不好的。比如,Mitchell 会问:"你是男孩还是女孩啊?"小白会认真地告诉他:"我可是男孩子啊!"Mitchell 还会逗它:

机器人小白

Mitchell 和 Alpha 1S 机器人一起玩

"你是在开玩笑吧!"机器人没有听清楚或者回答不了类似的稍微复杂的问题,就会有板有眼地说:"你怎么这么逗呢?" Mitchell 听了,忍不住哈哈大笑,还跑过来向我转述这开心的一幕。

妹妹 Chelsea 也非常乐于和机器人交流。机器人唱歌、转头和 Mitchell 对话,她都在一边观察。有时候,她也会随着节奏和机器人一起唱歌。通过这种"另类"的互动,妹妹也学会了很多词汇。

调侃、唱歌等场景非常简单,却能极大地刺激孩子的大脑发育。和人类的互动,孩子对其语气、表情可能习以为常,刺激反应的效果会逐步减弱。但机器人不一样。机器人每唱一首英文歌,Mitchell 就很好奇——这个笨拙的家伙怎么也会像我一样唱这首歌呢,它怎么这么搞笑呢?

这种有别于人类的机器人式的差异化教育,能够深层次地刺激孩子的大脑皮层,激发他们对未知领域的好奇心,增强他们探索科学知识的热情,而好奇心与热情是孩子主动学习的第一动力。同时,和这些智能家居设备朝夕相处,极大地提升了孩子们的理解能力,培养了他们的系统思维和开放性思维。

机器人 Alpha 1S

为了能让孩子时刻感受到大数据时代下高科技的力量，我们也特意选购了许多高端智能家居。家里每个房间、每个区域都安有智能摄像头。通过网络，我们可以随时随地打开手机观察孩子的行踪。通过机器人小白，我们可以随时看到孩子的实时录像，并且和他们对话。即使我们不在家中，也可以通过手机打开中央空调、控制家里的照明和屋内的背景音乐等。比如，我和先生外出时，如果突然想给孩子们选听某个音乐，就可以直接为他们点歌、调音量。孩子们也可以在安装有JBL音响的家庭电影院里看电影、听音乐，培养良好的音乐素养。

在家里，不仅是照明设备和音乐可以远程控制，包括壁炉、中央空调、空气净化器在内的家具家电都可以通过手机App进行遥控监测。换句话说，我们可以随时了解到我们家的"大数据"。

先生对高科技产品情有独钟。他的一位朋友开发了一款植物监控App，这款产品能对影响植物生长的四个要素——阳光、空气、温度和水分进行数字化监测，可以根据动态监测结果，提醒主人适时改进培植方式。

对于电脑、手机、iPad这些兼具娱乐性质的智能电子设备，一开始，我和许多家长一样，也担心孩子会沉溺其中。但实事求是地说，大数据时代已经来临，智能化浪潮势不可当，让孩子接触一点智能设备已经非常必要了。这些设备就是在教孩子更加智能化地生活。只有家长与时俱进，孩子才能在和智能化设备的朝夕相处中锻炼思维，进而习惯数字化生活。

我的二胎时代

Chelsea 和机器狗一起玩

　　针对 Mitchell 贪玩游戏的特点,我在 iPad Store 里给他下载了一款"英语王国"的游戏。游戏启动后,Mitchell 喂鳄鱼"吃"一个苹果,游戏就会发出"Apple"的声音,这种寓教于乐,能让他在开心玩乐的同时,顺便把字母和单词也学会了。

　　为了培养 Mitchell 的数学能力,我还给 Mitchell 下载了一款"数字王国"的游戏,里面有两个可爱的角色——米娜和米娅。她们采用种种办法教 Mitchell 数树叶。这款游戏里还有一个做蛋糕的小项目,也非常有趣。比如,Mitchell 做蛋糕时,需要 2 个鸡蛋、3 瓶橘汁、4 瓶牛奶和 5 袋面粉,游戏就对照着道具教他认识"1、2、3、4、5"这些数字,既形象又互动,反复几次下来,Mitchell 很快就熟悉了这些数字的含义和写法。

　　现在,Mitchell 和 Chelsea 的学习能力急速提高,但不利的影响也很快到来。Mitchell 学会了玩这些游戏,就逐渐沉溺其中,说好每天只玩二十分钟,很快变成了四十分钟,四十分钟又成了一个小时……我跟他谈判用其他物品交换 iPad,用了多种方法都行不通,只有强行夺过 iPad,但这会让 Mitchell 哭闹不停。为此,我大伤脑筋,并就此专门请教了心理医生。医生告诉我,iPad 固然能够教给孩子很多东西,但从心理学的角度来讲,长时间沉溺其中会妨碍孩子学习能力的提升。于是,我就"狠心"地对 Mitchell

Amazon Echo 智能音箱

小白和小蚁智能摄像头

智能扫地机器人

玩游戏的时间做了限制。

　　所以，机器人家教的好处数不胜数，但这并不意味着爸妈们从此就可以高枕无忧了。在可以设想的将来，机器人家教并不能完全取代父母的作用。更何况，家长能和孩子进行深层次的感情交流，这是"硬邦邦"的机器替代不了的。

　　有研究表明，孩子三岁以内，妈妈必须长时间和孩子待在一起。许多财富500强和在华尔街打拼的优秀女性，不管在商场上如何叱咤风云，一旦生下孩子，头三年里一定不会再贪恋商海。她们会留在家里，温言浅笑，做个尽职尽责的好妈妈。

　　我抱着Chelsea，给她唱歌时，总会忍不住深深地吻她一下，刮刮她的小鼻子，挠挠她的小胳膊。我发现，类似的贴身互动和肌肤接触，会令Chelsea由内而外地表露出开心满足来。机器人或保姆陪她玩的时候，仅止于吸引、好奇和浅层次的高兴，她不会散发出内在的快乐，更不可能得到爱的满足。

　　这一点非常重要。

米兔智能故事机

健康点滴不容忽视

健康是永恒的主题，健康不容忽视，健康是孩子们赢得未来的基础。在卫生健康方面，家长们需要注意许多细节。

首先，要尽可能地避免给孩子穿太多，以防上火。中医理念认为，低幼宝宝是"纯阳体质"，也就是说身体本身就较热，穿着太厚反而容易捂出病来。这一方面，欧美人的习惯值得借鉴。我们经常可以看到，他们即使在隆冬也穿得很单薄，我们会觉得不可思议，但事实上，外国人的那副"抗寒体质"，也是通过加强运动锻炼出来的。

我们中国人往往担心孩子冬天着凉感冒，热衷于为孩子添加衣服，这往往适得其反。有一次，我在飞机上看到邻座有个一岁左右的小朋友哭闹不停，他的妈妈想尽了办法安抚也无济于事。机舱里的人们都很奇怪，不知道孩子哪里不舒服。大家无计可施之际，一位有经验的老者说，可能是给孩子穿得太厚了。那位年轻的妈妈依言给孩子减了衣服，孩子一下子就破涕为笑，安静下来了，周围的乘客恍然大悟，也笑了起来。

我家的两个孩子平时穿得很少。北京秋冬季节非常寒冷，可当 Mitchell 的大部分同学都开始穿上毛衣、毛背心时，他还在穿风衣，但他得感冒的次数却远远低于同学们。以前睡觉时，善良的保姆怕 Chelsea 冻着，总是把被子捂得很厚。可越是这样小心翼翼，Chelsea 反而越容易发热着凉。我和

保姆分析了问题的症结所在后,保姆也不给 Chelsea 盖太厚的被子了。当然,也没发现 Chelsea 因此而频繁感冒。

因此,我们应该转变传统观念,平时让孩子加强锻炼,提高免疫力和抗寒能力。许多家长担心这么小的孩子,大量运动会累着身体。其实,这种担心大可不必。脑子越用越灵,身体越用越强,运动可以帮助孩子激活身体机能,有百利而无一害。Mitchell 和 Chelsea 非常喜欢运动。Mitchell 虽然小,但每天洗完澡后就自己穿衣服,然后坐立、小跑……几乎一刻也不闲着。现在,比起别人家的孩子来,他的运动机能更好一些。

其次,要让孩子多喝水。这似乎是老生常谈,但事实上非常重要。为什么这么说?因为水是生命之源,是新陈代谢的媒介,生命离不开水。宝宝多喝水,可以及时补充身体所缺的水分,从而健康发育;同时,宝宝体质较弱,多喝水可以帮其身体散热,及时排解毒物,有效提升免疫力和抗病能力。上善若水,水虽然普通,却非常重要,家长切不可掉以轻心。Chelsea 非常喜欢喝水,每天都主动向我们要水喝。每次出门,准备好的满杯水,Chelsea 都能提前喝完。

通过我们的不懈努力，Mitchell 和 Chelsea 发育得非常好。每次看到他们活蹦乱跳、聪明健康的样子，我跟先生就由衷地感到欣慰。是啊，孩子们的健康难道不是父母最大的财富吗？

1+1>2

混龄教育是蒙特梭利教育一大特点。混龄教育，是指把学前儿童安排在一起生活、学习和游戏的一种教育组织形态。通过混龄教育，不同年龄段的孩子可以更快地学会理解和关心他人，更好地培养他们对快乐的感受力和强烈的自信心，实现早教"1+1>2"的"杠杆效应"，帮助孩子们更加全面地健康发展。

显而易见，当两个小朋友在一起的时候，他们会借助语言和行动这两个人类特有的工具，碰撞、激发、促进，共同加速成长。在我家Mitchell和Chelsea身上，这种杠杆效应非常明显。

妹妹特别喜欢和那些比她大的孩子一起玩。Mitchell近在咫尺，Chelsea当然是"近水楼台先得月"了。所以，以下这些场景在我们家就很常见了——当哥哥在咿呀学语时，在安静地读童话书时，在伴着音乐摇摆起舞时，在"嘀嘀"声中学开玩具车时，在聚精会神地搭积木时，总少不了妹妹的如影随形。对于热衷于黏着自己的妹妹，Mitchell起初虽有些不适，但也慢慢接受了这个"跟屁虫"。

我们家后花园里的阳光房上覆天棚，防晒防雨。非洲紫罗兰、小野玫瑰、空气凤梨、水培铜线草……一年四季都芳香扑鼻。Mitchell小时候很喜欢在这里爬行玩乐，后来Mitchell大一些了，他奔跑嬉戏的身后就"长"

美丽的阳光房

出了一个"小尾巴"。

某天早晨,趴在地毯上托着腮帮子的妹妹正入迷地看着彩色卡。我抱着 Mitchell 走到她身边。Chelsea 听见我的脚步声,赶紧拿起一张彩卡,起身,一只手抱着我的腿,另一只手扬着卡片咿咿呀呀地朝着我说话。

我俯下身子,把 Mitchell 轻轻放下,从 Chelsea 手里接过这张彩卡。我看了一眼那张卡片,轻轻地摇了摇,问 Mitchell:"Mitchell,你告诉妹妹,这是什么?"

Mitchell 眨巴眨巴眼睛,脱口而出:"banana"。我微笑着表扬他:"Mitchell,你的记忆力不错啊,这张卡片你只在小时候看过啊!"Mitchell 得意地笑了。

"好为人师"的 Mitchell 总忘不了"买一赠一"——于是他又蹲下来,在妹妹的卡片堆里翻了几遍,从中拣起一张红绿相间的图片,回过头来对妹妹说:"strawberry,草莓。"妹妹的眼神里立刻流露出对哥哥的崇拜之情。看到妹妹这个样子,Mitchell 又抬起头看着我,眼里流露出兴奋的光芒。我不失时机地对他说:"Mitchell,你是个爱学习的好孩子,你为妹妹做了好榜样。"Mitchell 听了,眼睛眯成了缝,脸上笑开了花。

  因为年龄差异不大，Mitchell 和 Chelsea 往往共用玩具。有时候，妹妹玩的一些东西，也会勾起哥哥的回忆——他会下意识地"复习"过去的知识，比如说识图卡。我注意到 Mitchell 刚开始看到卡片时，是有些好奇的。他也许在想："这个卡我也看过，它还是老样子。"现在，故物重逢，哥哥很乐意拿起来再玩一次。除了对过去知识的回忆，有时候，他也会有新的发现。

  类似的，妹妹玩踩踩垫等玩具时，哥哥也会走过去摇一摇垫子，然后爬上去，招呼着妹妹一起玩。

  兄妹俩学习的时候，我有意识地培养哥哥的"领导风范"。比如，看

到玩具钢琴,哥哥就会学着Daddy、Mommy曾经教他的样子,手把手地教妹妹,告诉她怎么去弹钢琴,按什么键指示灯就会发亮。其他的游戏,诸如开小火车、搭积木等,哥哥都会主动教妹妹,无形中,哥哥成了妹妹的"leader"。

成为"leader"的哥哥,自信心由内而外地散发。那是一种真正的自信,Mitchell会想:"原先总是妈妈在教我,现在是我教妹妹了。"

对于妹妹来说,和哥哥在一起学习也能获益良多。哥哥"丰富"的技能知识,可以为妹妹提供一种"动力",帮助其提高学习速度。

在兄妹二人共同的学习时光中,Chelsea善于发挥自己的"后发优势",她因模仿哥哥而提前学会许多"本领"——比如,妹妹刚刚学会了爬,但她看到哥哥到处撒欢儿地跑,非常羡慕,于是总想试着迈开腿走路。这种"不会走就想跑"的冲动,使她的身心经常处于一种跃跃欲试的活力状态,触发其主动学习的机能。

那么,我们的"小公主"是如何实现这种类似"由走到跑"的"质的跨越"的呢?

Chelsea很聪明,她非常自然地想到了借势借力。她经常撑着沙发,站起来,两只手交替着扶在沙发上,学着走路。当然,有时她也会扶着楼梯和墙壁学走路。但即使有外物的帮忙,Chelsea依然走得跌跌撞撞,甚至隔几步就会摔一跤。但这个"女汉子"会立刻爬起来,继续蹒跚学步。

哥哥已经可以和大人们简单地交流了。他在叽叽喳喳急于表达自己的时候，妹妹在一旁安静地看着他——哥哥是怎么发音的？某个词代表了什么意思？妹妹都在一旁安静地学习着。哥哥嚷嚷着要吃东西了，他拿起叉子就麻利地挑起了自己的目标食物。吃者无心，看者有意。叉子怎么拿？勺子怎么用？食物如何送到嘴里……哥哥吃东西时，妹妹的嘴也在一张一

Chelsea 和爸爸在一起

翕——丰富的唾液已经涌上了她的舌根……哥哥的一切动作都没逃过妹妹的眼睛,她在潜移默化中学到了更多"本领"。

总之,妹妹能迅速地"成长"起来,真应该好好感谢哥哥才是。

值得注意的是,哥哥的"出色表现",也会激起妹妹的好胜心,随着妹妹慢慢长大,对于习惯了担任"leader"角色的哥哥,也会产生一点点"压力"。家长应该对这种学习和"竞争机制"进行正确的引导,以防在老大和老二之间埋下因不合理竞争而成年后不和谐的隐患。通过父母的正确指引,一旦两个孩子间形成了一种良性竞争机制,就能促使他们成为彼此的榜样与"偶像"。

一位教育专家曾说:"母亲最好只有一只手。"他的意思是,对孩子要学会放开另一只手,让环境来教育孩子。但我要说,妈妈放开的这一只手,最好由他的兄弟姐妹来补充。这样,大手小手在一起,就会潜移默化、互相影响、互相促进,孩子们的成长也会事半功倍,真正实现"1+1>2"。

大宝小宝在一起的好处这么多,二胎妈妈们是不是和我一样深有同感?而那些还在犹豫的一胎妈妈们,是不是也下定决心了呢?

父爱是深沉的滋养

"Daddy，你要是再不陪陪我，那可就没机会了——因为，我要长大了。"

有段时间，我的朋友圈不停地被一则"亲子鸡汤"刷着屏。这篇妙文的大意，是说Daddy是孩子眼里的"能人"和依靠，但因为现代社会的竞争越来越激烈，许多父亲为了事业发展，不得不舍弃了对孩子的教育，在孩子成长的过程中无奈缺位。

这种状况值得注意。

达·芬奇曾说："父亲可以牺牲自己的一切，包括生命。"为了孩子可以牺牲一切的父亲，花些时间多陪陪孩子，不仅是非常必要的，更具有非凡的意义。

美国总统奥巴马日理万机，但他在长达二十一个月的紧张激烈的选战中，却从来没错过一次学校家长会。即使忙如总统，他每天晚上仍然和女儿一起共进晚餐。对孩子们提出的各种问题，他都会耐心回答，毫无总统的威严，让人非常感动。

事实上，父亲在家庭教育中不能缺位，也不应该缺位，这是因为，父亲对孩子的教育目标更加明确，方法更加实际，要求也更严格，具有母亲不可比拟的先天优势。同时，父亲在培养孩子的逻辑思维能力、提升情商和体能训练方面，也有着母亲无法取代的特殊作用。古今中外的许多研究已经证实，父爱缺位，孩子的生理发育速度会明显放缓，而且在心理方面也容易出现焦虑、依赖性增强等退行症状。因此，英国有句知名的谚语："一个父亲胜过一百个老师。"父亲不可以对孩子的教育袖手旁观，这已经成为越来越多家长的共识。

我的先生非常重视对孩子们的教育，是我眼中当之无愧的"好爸爸"。

先生是一位成功的美籍华人投资家，每天的工作日程排得满满的。但他的家庭观念非常强，不管有多忙，一定会安排出专门的时间来陪家人、陪孩子。他经常说："男人的事业固然重要，但家庭和孩子一样不可或缺。"

星月隐去、白昼渐开。每天清晨，先生在书房里做好一天的计划后，就会来到餐厅陪家人共进早餐。早餐中，他会不时逗逗孩子，同时观察他们的反应，向我提出育儿建议。晚上，先生也会尽可能地推掉应酬，回家吃饭。饭后，他会抱着 Chelsea，领着 Mitchell 去花园赏月或下楼到家庭影院里一块儿看一部动画电影、唱几首歌。有时候，先生会在公司加班到深夜，但他也会在百忙中抽时间打电话回家。如果是周末或公共节假日，他便会充分利用，将其变成我们全家人深度互动、加深感情的好机会。

谈起对家庭的重视，其实在市场经济成熟度高、竞争激烈的欧美国家，也经历了一个逐步被大众认可接受的过程。他们将周末这两天命名为"Family Day"就可见一斑。不管是打工者还是管理层，在这两天，大家都放下一切工作，陪家人度过温馨浪漫的时光。在 Family Day，不要随便去打搅别人，这已经成为欧美人之间约定俗成的规矩。

事实上，我们每一个人的成功都应该是包含健康和家庭在内的广义的成功，绝非顾此失彼的狭隘式成功。道理非常简单，成功是个圆，健康和家庭所占的面积最大。

父爱深沉而丰厚，是孩子一生享用不尽的人生滋养。父爱的多少，决定了孩子的聪明程度。理性是男人的标签，跟 Daddy 在一起的孩子逻辑思维能力更好，也更聪明。比如父亲陪孩子画画，其实就是一个很好的逻辑思维锻炼过程。先生美术功底很好，他教 Mitchell 学画时更有章法。比如画一只狗时，他不会信马由缰地想哪儿画哪儿，博孩子一笑了事。他会告诉 Mitchell，要想画好小狗，既可以根据头脑中对小狗的固有形象来画，也可以大胆想象，以奇特的造型和夸张的色彩取胜。先生一边讲解一边温柔

Mitchell 跟爸爸一起做小汽车

地示范，Mitchell 在一边看得十分入神，忍不住也要模仿着作画。

Mitchell 非常喜欢汽车，先生专门带他去汽车博物馆参观。回到家里，先生一边给 Mitchell 讲解汽车的构造，一边带着他用纸板、剪刀、胶水、彩笔等工具亲手制作了一辆迷你版小汽车，Mitchell 爱不释手。

通过这种言传身教的教育方式，Mitchell 不仅从父亲那里学到了一定的绘画技巧、动手能力，还锻炼了逻辑思维，父子二人更在这一过程中增进了亲子感情，一举多得。

同时，父亲对孩子的言传身教更注重在事实的基础上讲道理，这样 Mitchell 和 Chelsea 就很少出现没有达到自己目的就任性哭闹的毛病。有一次，Mitchell 眨巴着眼睛走过来，拉着爸爸的衣袖要去花园里玩滑梯。先生俯下身子，告诉他，今天是星期三，不能进花园。Mitchell 百思不得其解，追问为什么。先生摸摸他的头,笑着告诉他,园林叔叔刚刚给花园里的鲜花和苗圃打过农药,花草中弥漫着毒气,毒气也会附着在滑梯上,非常危险。要等农药毒性散去,我们才能去。Mitchell 听了,似懂非懂地点点头:"Daddy,我知道了。我们要离农药远点。"诸如此类的道理,基本上先生对孩子们做一番深入浅出的解释,他们都可以听懂、接受。我觉得先生能达到如此的说服效果实属不易,要知道,当时 Mitchell 只有两岁啊!

男性身体强壮,他们在家教中具有独特的优势。先生有个绝活,就是一边拎着孩子,一边跳唱,比如他们最喜欢的《One Two Buckle My Shoe》:

One, two, buckle my shoe.
Three, four, open the door.
Five, six, pick up sticks.
Seven, eight, lay them straight.
Nine, ten, do it again!

这首歌里,从 1 到 10 这些基本的阿拉伯数字都有了,而且节奏感很强。Mitchell 非常喜欢唱这首歌。先生会经常拎起他,踩着节拍唱着歌起跳。显而易见,这一招一举四得:既复习了英文数字,又掌握了节奏;同时锻炼了 Mitchell 的弹跳能力,还增进了家长和孩子的感情。

大部分父亲遇事不慌,情绪控制非常好,这个优良品质对于培养孩子的冷静处事态度非常有好处。有一天晚上,我们全家出席了一个晚宴,在宴会结束驱车回家的路上,车胎突然爆了。这时候,妹妹已经在车上睡着,大家都惊慌失措。Mitchell 一个劲地问:"爸爸,怎么了,怎么了?"先生面色沉着,不住地安抚我们:"没关系,不过是车胎爆了。你们等一下,看看我怎么解决。"说完,他就麻利地下车查看,按部就班地很快就换好了轮胎。我、保姆和孩子们都非常信任先生,没有受到任何惊吓。

很多父亲都坚持原则,绝不轻易让步,这有利于培育孩子的契约精神。Mitchell 四个月大开始长第一颗牙时,我就给他买了儿童专用的牙膏牙刷,后来为了方便,又给他买了电动牙刷。先生要求 Mitchell 坚持早晚刷牙、饭后漱口。到现在,Mitchell 已经换过十几个牙刷了。

Mitchell 很喜欢小汽车

因为年龄太小，Mitchell 的牙齿看上去就像两排大米粒。他每次刷牙的时候，都要费老大劲儿，就算是我们帮着他刷牙，由于小孩子的牙龈非常娇嫩，再柔软的牙刷绒毛也会碰到牙龈。这时候，Mitchell 就会哭叫、躲避。漱口的时候，他有时也会一不留神将牙膏给咽下去，虽然是能吃的幼儿牙膏，可我还是觉得不大好。而每当这时，我就会心疼、心软，会替 Mitchell 向先生求情："这哪里是刷牙啊……还有漱口也太为难他了。要不明天再刷吧！"这时候，先生男人的原则性——或像我开玩笑说的铁石心肠——就会表露无遗，他总会毫无表情地摇摇头说："凡事在于坚持。决定了的事，

就不能轻易更改。"一边说一边坚持帮 Mitchell 刷完牙。

先生总会积极想办法帮助 Mitchell 克服困难。他发挥自己条理性强的优势,耐心地用浅显的语言帮助 Mitchell 分析刷牙漱口的原理和动作要领,并亲自示范。只要功夫深,铁杵磨成针,在先生的反复强化训练下,Mitchell 现在已经学会了安全地漱口和刷牙,也不会再把牙膏和漱口水吞下去了。

父亲身上所散发出的宽容大气,是孩子培育内心阳刚之美的最深滋养。先生一直搏击商海,阅历丰富、人情练达。Mitchell 和 Chelsea 受此感染,行事也不拘小节,颇有其父的包容大气之风。小孩子在一起玩,难免争风吃醋,你抢我夺。Mitchell 出去玩的时候,很多小朋友会抢他的玩具。面对这种情形,有些小朋友就会拒绝分享,有的甚至动手打架、"巧取豪夺"。但在 Mitchell 骨子里,压根儿就没有那种斤斤计较的意识,他会非常自然地拿出自己心爱的玩具招呼大家一起玩,因而朋友也特别多。

父爱如山,父亲宽阔的胸膛会给孩子带来强大的安全感。Mitchell 逐渐长大,也开始学会黏人了。因为我天天和他在一起,不十分宠他,所以他自然而然地更黏父亲。而先生当然也更愿意抱他、宠他。

父爱细腻,点点滴滴滋润孩子的心灵。人们一般认为,男人在把握宏观大势方面具有突出的能力,而对细节的关注可能稍逊于女人。但我觉得,男人在沉醉于一件事时,他们的钻研和奉献精神绝不差于女人。在我们家,每逢春节,家人总会聚在一起商量到哪里游玩。这时,先生的建议总能以其考虑周到而赢得大家的赞许。比如 2016 年春节,他提议带孩子去香港迪士尼乐园游玩。他的理由是,到美国过年、顺便带孩子们到佛罗里达的迪士尼乐园游玩固然很好,但 Chelsea 不到六个月,Mitchell 也仅两岁多点,

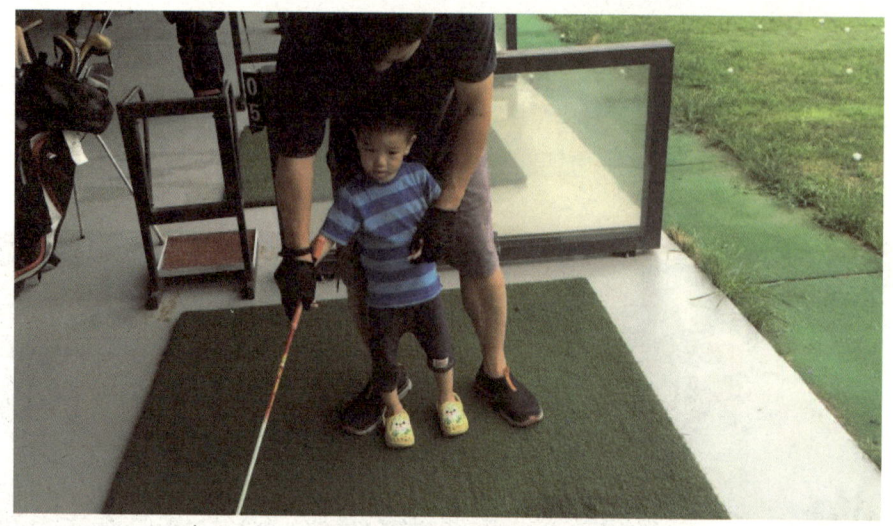

爸爸教 Mitchell 打高尔夫

再牵扯到哺乳等现实问题，十几个小时飞到大洋彼岸并不合适。先生建议，到最近的香港迪士尼乐园去玩，然后 6 月份再去观看上海迪士尼乐园开幕式。这样一来，孩子们玩得开心，我们携带孩子旅游也更方便安全。大家深以为然。

先生考虑到我平时教子辛苦，就精简日常事务，分出很大精力到琐碎的行程安排中来。从酒店预定、机票预定乃至套票购买、衣物准备，所有的这些细节都由他来计划安排，超有耐心。看着他细心的样子，有时我就想，"细节决定成败"，一个人的成功，确实离不开他在细节上的专注。

进入迪士尼乐园这个美丽的童话世界后，先生也处处为孩子着想。他忙前忙后，让 Mitchell 和米老鼠一起玩，合影、握手，还主动避开那些不大适合低龄儿童、比较危险的游乐项目，给孩子们留下了特别美好的回忆。现在，Mitchell 经常兴致勃勃地回忆起他们在迪士尼乐园里的每一个精彩细节，可他们不知道，美好记忆的背后全是父亲的辛勤付出啊！

不畏艰苦，父爱无私，于无声处见真情。我家先生对修整家里的花园非常上心。每到周末，他都会主动去浇花植土，喂鱼养树，一弄就是两三个小时。常年耳濡目染，孩子也自然热爱生活，愿意亲近自然。

夏天，一般人对炙热的阳光避之唯恐不及，但 Mitchell 经常和 Daddy 一起练习高尔夫球。同时，先生也鼓励 Mitchell 和他一起在太阳底下劳作、玩耍，还名之"日光浴"。"日光浴"之后，Daddy 会带着 Mitchell 去游泳或骑马。春暖花开时，先生会在房间插很多束花，让 Mitchell 能够感受到生命之美以及父母对生命的尊重。Mitchell 一岁多时，还不会走路，而那时又值深秋，室外凉风嗖嗖，寒意深深，先生却背着他在院子里骑脚踏车。回来后，我看到 Mitchell 的小脸蛋冻得通红，心疼坏了，就一个劲儿地埋怨先生，但他也不以为然。如果是冬天，他们则会顶着寒风去滑雪，尽情享受大自然的馈赠。

事实上，在先生有意营造的这种自然率真的环境下，Mitchell 确实养成了不焦躁、不娇惯的品质，这对他日后面对生活的磨砺当然大有好处。

总之，母爱如水，而父亲则是伟岸的大山。他们有力地提升了孩子的人生高度。我们每一个人在追忆往事时，总忘不了父亲的伟大，是他们在我们意志消沉时鼓舞我们坚强向上，是他们在我们彷徨无依时提供了心灵的栖息地，是他们教会了我们理性、从容地走好人生的每一步……

父爱如此重要，父爱如此深沉，父爱如此珍贵，父爱不应该缺位。在家里，也许父亲只用一个微妙的眼神，就能给孩子们传递出享用不尽的宝藏！

夫妻和谐之道

有爱的家庭,才是孩子们的天堂。

家庭和谐是确保孩子幸福成长的基础,夫妻和谐是家庭和谐的关键所在。父母关系和谐,孩子也会对婚姻产生美好的向往,有利于培养他们健康的家庭观。

现代心理学已经证明,在和谐家庭关系中长大的孩子,性格更宽容,遇事更理智;反之,不和睦的家庭关系会给孩子的心理造成一定的创伤,甚至会影响到孩子成年后的生活。

夫妻薄情寡义,孩子就会自私任性。父母成天吵架对孩子而言,不啻于天塌下来了,长大之后的孩子也容易变得暴力冲动;很多父母离婚的孩子,都是冷漠、内向,很难全心全意地相信他人;夫妻平素喜欢相互指责,孩子容易养成偏执、敏感的性格,成年后难以尊重他人。夫妻恩爱、家庭和睦,孩子遇事才不易偏激。

因此,有些人把心血倾注在孩子身上,却经常性地无视另一半,这其实是一种大错特错的想法。对夫妻任何一方而言,另一半都非常重要。因为孩子是模仿的天使,男孩会模仿爸爸为妈妈开车门,自己就变成了小绅士;妈妈温柔地对待爸爸,女孩子也会学到这种温柔如水的力量。家庭是否和睦,对孩子的影响非常大也非常深。夫妻和谐对于孩子一生的幸福起

MC 的生日 Party

着极为重要的作用。

夫妻双方要以相互信任、共同勉励、相互宽容、相互体谅为基础，遇事主动商量，有矛盾要及时沟通，不互相猜疑，不斤斤计较。过激、过冷、伤感情的话不说，平时多谈一些夫妻共同感兴趣的话题，更有利于培养感情，保持夫妻感情的鲜活。

我结婚比较早，那时还是十足的任性少女脾气，经常会因为一些小事发火，在情绪控制方面做得不是很好。但先生却总能以男人的胸襟包容我、体谅我、帮助我，现在想起来，我都非常感激。后来，随着思想阅历逐步丰富，尤其是有了孩子后，我就更加理解和接受"夫妻应该互相体谅，切忌相互指责埋怨"的教诲了。后来，随着深入修佛，我的心态更是平静了许多。尤其最近几年，我的心态非常平和饱满，偶遇事情，情绪也不会剧烈波动。

包容也有技巧。夫妻间产生矛盾时，不要总揪住一件事不放，而应该设身处地地多从对方的角度和立场去想，这样双方就比较容易达成一致。而且，夫妻间性格方面难免存在差异，出现问题当然应该学会换位思考。我的性格有点偏急，先生做事却不急不躁。刚开始我也不习惯，时间久了，我就试着多从积极的一面去看待他的性格。后来我发现，先生的这种"慢性格"，反倒体现了一种成熟和稳重，和我的麻利果断正好形成互补，这真

我和先生亲自贴的墙纸

是一种求之不得的状态。

  夫妻要相互尊重。小打小闹虽然甜蜜，但尊重对方更重要。尤其是有了孩子之后，父母一定要给孩子做一个最好的榜样。切忌轻易呵斥和贬低爱人，那样会极大地伤害对方。当然，不可否认，夫妻间难免会有一些小摩擦，但应该做到避免在孩子面前红脸，绝对不要在外人面前贬低自己的另一半，也不要在孩子面前诋毁对方，以显示自己的威信。这一点，我们要时时在意、处处小心。

  夫妻双方要学会"制造浪漫"。浪漫是爱情的增芬剂。我的先生非常注重家庭生活，房子装修的时候，三楼大厅我们布置成了孩子们的专用游乐屋，整个墙面上是一派热带雨林的感觉：鸟语花香，水流瀑鸣。值得一提的是，这么一大片雨林里，所有的植物和大小动物，都是我和先生一点一点贴上去的。可以说这满墙点点滴滴的色彩，都饱含着父母对孩子深深的爱。游乐屋里铺满了绿色的长绒地毯，摆满了玩具，可以让孩子们在里面尽兴地玩乐。

当时，热心的保姆要帮我们贴墙纸，但为了表达对孩子们的爱，也为了增进夫妻感情，我和先生决定亲自动手贴。

那些贴纸足足有几百个，不仅数量多，而且贴纸的位置也各有不同。比如，树叶的生长方向是有规律的，花瓣颜色的深浅也要照顾到……要把它们准确而又美观地贴在墙上，既要细心，又要耐心，而且还需要一点点浪漫的情思在里面。我踩着凳子，先生扶着我，两个人有说有笑地贴。期间家里的保姆主动要求帮助我们贴，但被我跟先生婉拒了，我们希望这项"工程"由我俩亲手完成。

贴纸很累，但我们又感受到了恋爱时的甜蜜。是的，那些温柔和体贴并未远去，它们还在我们心里，在这满墙的律动着的贴画里。

先生非常细心，不时指着某张墙贴问我，这幅的位置对不对；如果不对，他就要我扶好椅子，他上去撕下来仔细观察一番，看对不对称，准不准确，然后重贴上去，再微笑着征求我的意见。在这个过程中，我似乎又看到了当初他追求我时的那股子执着劲儿，就忍不住揶揄他一番。

贴一面墙大概要花去我们整整一天的时间。但在这一天的时间里，屋里却始终洋溢着欢笑和爱意。所有的墙贴，都是由先生在网上选定，然后征求我意见，我点头，先生才下单。

辛苦不负有心人。几天的辛劳之后，Mitchell 和 Chelsea 起居室的墙上就到处是扬着脖子的长颈鹿、踱着步的大象、奔跑着的斑马等各种动物了，蝴蝶也在丛林中翩翩起舞。其中，一幅长颈鹿形象的量高墙随时记录着 Mitchell 和 Chelsea 的身高，工整严谨又不失活泼。驻足在这个充满热带雨林风情的童话王国里，似乎能真切地感受到鸟语花香，这让我们陶醉不已。尤其值得一提的是，蝴蝶和鸟儿是 Mitchell 和 Chelsea 亲自贴上去的，这对

他们来说，更有纪念意义。

　　Mitchell 和 Chelsea 的起居室，我们为儿女们营造了属于他们的幸福，同时也重温了我们曾经的浪漫。

　　到了晚上，满墙贴花，满目绚烂。我和先生特意叫上孩子们，躺在地毯上，在美丽的墙贴环绕中，伴随着浪漫的歌曲翩翩起舞，有时候是 Swing，有时候是 Children dance。"你方唱罢我方舞"，Mitchell 和 Chelsea 也会情不自禁地加入进来，扭动着他们稚嫩笨拙的小身体。一家人就这样唱啊跳啊，每个人脸上都洋溢着幸福的笑容。

　　每到这个时刻，我和先生总会相视一笑，为我们的爱情。

　　有人说，婚后无浪漫，更有人说，婚姻是爱情的坟墓。但我要说，婚后有浪漫，更散发出浓醇的爱情香味。如果柴米油盐的生活磨平了你们的爱意，那么，就在这平淡中努力制造浪漫、感受浪漫吧。

　　夏洛特·凯瑟琳说："激情带你找到幸福。所以你不仅需要增加自己的激情，更要在其他方面寻找更多的激情。这样你就为幸福创造了可能。"

　　婚后的日子相对平淡，这时候，妻子更要善于利用各种生日、节日，营造家庭浪漫。我和先生现在虽然孕育两宝，但仍然经常一起去看电影或者散步。有一次，大概晚上十点半，两个孩子都已经进入了梦乡，先生和我还在院子里坐着聊天。夜色朦胧，宁静非常，我们一起看月朗星稀，谈人生百味，分享商业智慧，感觉非常幸福。我想，即使有了孩子，夫妻间也应该让自己的爱情保鲜，不失时机地在生活中营造些小浪漫。

　　我想，爱情总是于细微处见真情。别看我在商场上是个雷厉风行的人，但在家里，绝对是温柔贤惠的，我总是怀着一颗爱心，想方设法地营造温馨的爱巢。

　　先生的每个生日，我都要亲手为他做一个生日蛋糕。

　　做过蛋糕的人都知道，蛋糕好吃做着难，其中的辛苦复杂一言难尽。而我一开始连电烤箱都不会用，难度就更大了。婚后第一次给先生过生日，周围许多人建议我在蛋糕店里订制，或者干脆买一个。但我为了表达对先生的爱，还是决心亲自做一个。

　　先生生日前几天，我就开始研究电烤箱怎么用，然后努力找攻略，用了好几天时间，才基本捋顺了制作流程。先生生日那天，我很早就起床，

我给先生做蛋糕

拿出早已购买好的吉利丁片、动物奶油、低筋面粉、电子秤、蛋糕模型、裱花器等各类食材及制作工具。然后，系起围裙，束起青丝，开始手动打奶油。打奶油十分考验人的体力和耐心，没过多久，我的额头就汗涔涔的，几个保姆看见我满头大汗的样子纷纷跑过来帮我。和打奶油不同，为各类面粉和奶粉称重，则考验了人的细心。面粉多少、奶粉多少、奶油多少、奶油里的颗粒多少……每一种用料都要用电子秤精准地称好，真是"增一分太重，减一分太轻"，丝毫马虎不得……就这样，足足费了一天时间，一个"秀色可餐"的生日蛋糕才做好。

当生日那天先生出差回来，一进门看到这个爱妻亲手做成的飘着馥郁清香的漂亮蛋糕，非常惊喜。他俯下身子品尝了一口，直呼好吃。他轻轻地抱着我，不住地夸赞："这么精美可口的生日蛋糕，做起来肯定不容易，老婆你真用心！"看着先生开心的样子，我也感到非常幸福。

先生出差回来，我也会偶尔下厨，做一些他喜欢吃的菜——比如法式

洋溢着爱意的生日蛋糕

香煎鹅肝、肉骨茶、广东肉粽、台山汤圆等（后面三样是为了传承先生家乡的味道，我特意向家婆请教并学会了其做法）。

可能我在某些人眼里也算是"霸道美女总裁"了，但如果我能早回家，一定会在家里"卸下"威严的仪态，小鸟依人般地恭候先生归来。每当听到先生熟悉的脚步声，我总是赶紧跑到大厅，为他开门、脱衣、嘘寒问暖。在外面忙碌一天的先生，经历了商战风云的洗礼，回到家中，看到妻子一如既往的温柔，能不感动吗？

先生每次出差去外地，也会给我买些精致的小礼物。每次生日、情人节、圣诞节或结婚纪念日等纪念性节日，我也会和先生互赠礼物，表达我们的情意……我觉得，礼物的意义不在于大小、贵重，重要的是这份心意和创意，能让自己平淡的婚姻生活偶尔泛起涟漪，充满了感动和惊喜，就是最大的收获。

拜伦说："要使婚姻长久，就需克服自我中心意识。"有时候，一杯热气腾腾的咖啡，一句柔柔的情话，一次温暖的对视……都可以让你们感受到对方的心意。

只看你用心与否。

chapter 5

妈妈：做孩子最好的榜样

> 孩子的言行就像一面镜子，反映着家庭和父母的精神，所以希望孩子好，首先自己要起模范作用。父母或教育者的日常性言行，对培养孩子的人格有最强的说服力。
> ——日本作家 谷口雅春

卓越心路，启蒙爱子

正如狄更斯所说："所有杰出的非凡人物，都有出色的母亲。"许多名人传记里的母亲都是这样一副形象：温柔、善良、坚强，为了孩子默默地奉献一切，有的甚至指引了孩子的未来之路。也有教育专家指出："好妈妈胜过好老师。"

母亲在孩子一生中所起的重要作用，确实无可替代。

为什么会出现这种现象？

这是因为孩子在幼小时对母亲有着本能的依赖，他们和母亲在一起的时间最长。母亲的性格、语言和行为会影响孩子的一生。承袭母亲优点的孩子，成功之路会走得更顺。

"欲求木之长者，必固其根本。欲流之远者，必浚其泉源。"己之不立，何以立人？要想孩子优秀，做妈妈的，就一定要千方百计地提升自己。

为了能让自己更出色，我无时无刻不在鞭策自己，要百尺竿头更进一步。

甘地夫人指出："我们应该赋予子女勇气和自信，还要帮助他们加以发展。"母亲首先要做一个坚强的人，以对生活无畏的气概，给孩子做好表率。

对我来说，商学院举办的戈壁挑战赛极大地锻炼了我的坚强意志，让我印象深刻。

截至2016年，戈壁挑战赛已经举办了十一届，整个赛程有三十公里，参加比赛的队员是成千上万名来自全球各大商学院的精英们。他们经过八个月的团队训练后，聚在此地，开始蜕变。而我，有幸代表复旦管理学院参加了这次激动人心的2016年戈壁挑战赛。

在报名戈壁挑战赛之前我也坚持运动。跑步、高尔夫球、跳舞我都非常喜欢。生了Chelsea后，我的身体有些水肿，于是我开始关注一些器械运动以增强自己的基础代谢率。报名戈壁赛后，我先做了心脏的平板测试，一切正常，接下来就是有步骤地进行身体训练了。我每天坚持跑五公里，然后和队友们一起合练。由于刚生完宝宝不久，锻炼和合练的时间是很有限的。

在挑战赛的前几天，我们就来到了比赛举办地甘肃瓜州，提前熟悉场地，为后面的戈壁赛做准备。

戈壁赛的当天一大早，我们来自复旦的同学们就集合在一起，一边进行赛前暖身运动，一边相互鼓励着。一声鸣笛传来，我们明白，这是开赛的信号。于是，大家开始挥舞着旗帜迈向戈壁。

这是一片特殊的戈壁——它不像敦煌石窟可以徜徉，也不像河西走廊可以探古，它是当年玄奘为了取到真经历经了千辛万苦、义无反顾地从这里开始前途未卜的天竺之旅的见证。而戈壁挑战赛的信念就是——相信、坚持、超越！我和队友都明白，只有秉持着坚定的信仰，才能闯关成功！

戈壁赛当天的天气变幻莫测，期间我们经历了两场暴雨，非常冷，我穿着短裤全身都在发抖。雨停后，天气又立刻转晴，迎接我们的是强烈的紫外线。温度开始升高，我们又开始感觉身体严重缺水。这时，只听对讲机里传来一声声"同人们请小口补水"的友情提醒。

戈壁路上到处都是大石头和沙砾，非常难走。我们身边也穿梭着各大学院的精英，有来自中欧商学院的，有长江商学院的，还有来自北大及清华商学院的同学们。他们有的一路小跑，有的结伴相扶。在我们行走的过程中，经历了无数个小沙丘，状况远比想象中困难！我第一次体验到了以沙为伴、与风共舞的感觉。

在路上，我不禁感慨万端：我一路从狂风冷雨走到艳阳高照，从雅丹

戈壁赛

地貌到砾石戈壁，从锁阳遗址到大墓子母阙……这一次，我真的在用自己的双脚一步步丈量梦想，用身体去触碰大自然，用心灵去感悟生命！我相信天地有我，坦荡无畏；天地无我，平静如初；大道至简，一念如初；行走在路上，心和路一起延伸！

累到极致时，"除了水什么都想扔"；到后来连"走平地都是一种渴望"；体验的背后，我收获了满满的感动——被自己感动，被身边的所有同伴感动。

这份真情与感动，让人久久难忘。"谁都知道，在竞赛场，在筋疲力尽、全身伤痛的艰难时刻，对同伴施以援手就很可能意味着要放弃可能到手的好成绩。可是我复旦的队友们没有抛弃一个人，无论谁受伤，都有人相伴，哪怕一瘸一拐相扶着也要走向终点。这是茫茫戈壁中最美丽的风景！"一路上，对讲机里不停地传来队友们的加油声。

最开始，我还能一小口一小口地喝水，我在十二公里之前的平均时速还可以达到5.5公里/小时，这对于我来说已经相当快了。然而十二公里是我的极限，继续往前走，我的身体就出现了各种不适，比如头晕、缺氧，让我感动的是我的队友一直没有放弃我，他们拉着我、扶着我继续前进！

我也努力克服着身体上的不适感，挣扎向前，在到达十八公里的补给站时，我的呼吸开始变得极其困难。队医很快赶来给我量体温，我当时的体温已经上升到37.1℃，医生告诉我必须尽快散热，甚至建议我不要再往前走了。

"思阳，你还好吗？你能继续走吗？"这时，复旦大学戈壁赛的主席沈湲先生走过来，关切地问我。

"我没事！我不可以轻易放弃，我是MC的妈咪，我要给宝贝们做榜样！"我硬撑着，坚强地回答。

沈主席看着我坚定的眼神，他决定跟我一起走下去。接下来的十八公里到二十五公里的路，我们一起坚持着走了下来。

这一路，我不断超越了自己身体上的极限。而我也发现，当我不断挑战身体极限时，我的潜能也在不断地被发掘，连身体都变得轻松了一些。虽然我放慢了速度，每公里用时十三分钟左右，但我坚信自己可以走到最后！

和 Mitchell 在一起

最后五公里尤其考验人。戈壁的天气变幻莫测,三到四级的沙尘暴说来就来,沙砾剐蹭着我的身体,眼睛里也进了沙子,我的肚子隐隐作痛,我甚至觉得腿和脚都不是自己的了。

在这种极端考验下,唯一支撑我的只有信念,我就是要为宝宝们做出好母亲的榜样。我想让他们知道什么是坚持,什么是执着!

我印象最深的是最后两公里的倒计牌上面写的这段话:

"你的能力超乎你想象。继续坚持!现在你距离自己的梦想只有一步之遥!"

一步步地逼近终点。这时,我的耳边只有同学们在对讲机里为我助威呐喊的声音:"思阳加油!""还有五百米,还有三百米,还有一百米!""加油冲刺啊!"主席也在旁边一个劲儿地鼓励我。

我迈开脚步迎接我的三十公里终点。我做到了!当我拿到那块沉甸甸的奖牌时,眼泪在眼眶中打转,这是我作为妈妈拿到的奖励,是队友,是我亲爱的先生,是宝贝们给了我无穷的力量!在三十岁这年完成了人生的第一个三十公里,我相信这不是结束,而是新的开始!

走戈壁的过程中,我收获的是一份份无法忘怀的真情和感动,是队员之间的鼓励、帮助及不抛弃、不放弃的勇气和意志支撑着我实现了梦想。

在这里,我们没有了社会身份,没有了年龄甚至是性别的区分,有的只是一种很纯净的相互扶持。这份纯净是那么难得。每当休息的时候，路上偶遇的时候，无论彼此是不是来自同一个团队，都会主动问一声"需要帮忙吗"，这句简单的问候，伴随着我完成了一次又一次的自我挑战。

战胜自我离不开家人的支持与鼓励。远在北京的先生一直鼓励我，相信我一定可以出色地实现梦想，MC 们也用其稚嫩的声音为我加油。正是有了他们的支持，我的能量才源源不断。

我相信身教重于言传。复旦蕴含着百年人文精粹，戈壁的玄奘之路书写着千年历史，这是一种时空的交流和传承。而人生，也如一场戈壁行走。徒步走路其实是最好的自我修炼，这是我人生的第一个三十公里，当我用双脚丈量了历史，用激情照亮了人生，在行走中感悟了生命的同时，也在行走中为宝宝们树立了健康、坚强、坚持、执着的榜样。我愿用我的行动感动宝贝们，我要用我的信念感染宝贝们，希望他们伴随着这种信念健康成长！

2014 年，圣诞节的前半个月，Mitchell 所在的国际早教中心突然给我发了一个 E-mail："Mitchell 妈妈，你可以给我们表演一个节目吗？还有半个月就是圣诞节了，欢迎参加我们的 Party！"

收到这封 E-mail，我一下子陷入了两难之地。那时，Mitchell 一岁半，我刚刚怀上 Chelsea 也才两个月，平日里就经常孕吐，身体也不大舒服。而且，我也没有任何准备。从感性层面，我真的不想去表演这个节目。但是站在理性的角度，我不去固然是轻松了，却丧失了一次给孩子做好表率的机会，失去了一次让孩子为妈妈感到骄傲的机会……到底该如何选择，真让人揪心。我抚摸着肚子，一时拿不定主意。

经过长时间的心理斗争，我终于打定主意：不能退缩，要抓住机会，给孩子做一次克服困难、展现完美自我的表率。

圣诞节那天，我精心装扮一番，驱车来到学校。进了后台，我开始按照老师的安排更换舞蹈衣。但就在我换上衣服的一刹那，我突然开始剧烈地孕吐，我明显感觉到一阵阵眩晕，污物一股股倾泻出来，身子一阵阵痉挛，难受极了。

我坚持着，不停地给自己打气："Yolanda，你要坚持住啊！Mitchell 在看着你呢！你要展现出最好的一面！"在这种念头的支撑下，我强忍着难受换好了衣服，又清理干净，一切准备就绪。舞台上，印度舞音乐响起，

圣诞跳舞

我展露笑颜,缓缓扭动腰肢,跳起了一段轻柔的印度舞。台下的家长和小朋友们不停地为我鼓掌。我隐约看到 Mitchell 在人群中的笑脸,那比平时更灿烂的笑脸,后来,他甚至不停地挥舞着小手冲着我喊:"妈妈!妈妈!"

看到 Mitchell 的笑脸,我也感到非常开心。我知道,所有的掌声,绝不仅仅是在赞美我的舞姿,更是对我不畏艰难、努力展现美好的肯定。我想通过这个机会让 Mitchell 知道,不管什么样的困难,妈妈都在努力克服!

宝贝,人生不会一帆风顺,妈妈希望你能拥有面对挑战的勇气。这种勇气,会帮助你更好地迎接生活中的波澜,会帮助你找到更美好的自己!

游历名校，兼收并蓄

除了尽量寻找机会为孩子作好榜样外，我非常推崇通过游学的方式开拓孩子的视野，增长见识、启迪思想。"读万卷书、行万里路"，我感到，当今世界，全球化发展势头迅猛，地球村变得越来越小，在这种趋势下，通过游学来增长知识、增长才干，无疑是非常必要的。因为我的 MC 宝宝还小，我自然成了连接宝宝和世界的桥梁——通过游学，我不断地拓展自己的思维，丰富自己的思想，并在教养他们的过程中把世界先进知识潜移默化地传递给他们。

其实早在少女时代，我就曾经在美国的哈佛大学、斯坦福大学和英国的剑桥大学游学，Mitchell 出生后，我再次造访哈佛大学，并在耶鲁大学和西点军校进修。通过在这些世界知名学府的参观、学习，我深深地感到，除了学业上获得了进步，我在教育理念、人文素养方面都获得了比较深厚的滋养，这些经历永远是我难以忘怀的珍贵记忆。尤其是在耶鲁大学的求学生涯，那是我人生浓墨重彩的一笔。

耶鲁大学举世闻名，校园环境非常优美。学校四周矗立着城堡一样的古建筑，这些建筑大都有百余年的历史。校园里，处处青翠，经常可以看见在草坪上投掷飞盘的学生。有时，我甚至看到松鼠在树上窜来窜去。

我第一次去耶鲁正逢初春。林荫道上的树木纷纷含翠吐绿，斑驳的阳

在哈佛游学

难忘的游学经历

光透过这些充满生机的小绿芽，斜斜地照射在一幢巨大的黄褐色的哥特式教堂上。

这幢教堂宏伟庄严、气势非凡，充满了凝重的历史感。校方独具匠心，把这闻名遐迩的历史文化建筑辟为图书馆。其体量之大、藏书之丰，在美国大学图书馆里占据第二的位置。许多远道而来的游客，甚至会对其恭敬地行屈膝礼。

耶鲁大学历史悠久。它是美国建国后建立的第三所大学，其教授阵容、学术成果和教育设施建设都堪称一流。耶鲁培养出众多杰出的学子，其中有五位担任过美国总统。《波士顿环球报》曾经不无敬意地说："如果说，有那么一所学校能够自称在过去六十年里为美国培养了高级领袖的话，那就是耶鲁大学。"

耶鲁大学授课非常有趣。教授不会生硬灌输，而是抛出一个问题，启发学生共同思考。学生的理念和观点，老师并不会否认，他们也没有所谓的"正确的观点"可以提供给你。老师只会告诉你一个正确的价值观。学生在理解和认同这些价值观后，依据规则去做就可以了。这和中国古圣贤所说的"无可无不可"殊途同归。

在耶鲁，有这样一个游戏，让人难以忘怀。

教授分发给学生很多木条，然后让学生自行分组，每组四个人，每一组都能得到一卷胶布和一坨线。小组之间进行比赛，看哪个组可以把木条搭到最高——有些像小孩子玩的乐高游戏。

这件事看起来很简单，实际上却非常难。

参与比赛的同学里，不乏力学和建筑学的学者。他们的理论知识非常丰富，第一步，由他们提出可行的方程式，然后大家一起甄选，最后选定一个方案。

我们兴奋地忙碌了近一小时后，几个小组的木棍都搭得很高了，一切似乎完美无缺，我们激动地等待着教授的测评。

谁知教授面无表情地拿着尺子逐组进行了测量，不置可否，接着打开投影，为我们播了一段 VCR。

视频中，一群金发碧眼、天真活泼的小朋友也在玩这个游戏，他们没有进行什么"研讨"，径直就"垒"了起来。他们不知道什么"力学"，不

在耶鲁课堂上搭木条

知道如何才能落实"最佳方程式",他们仅凭直觉,迅速垒高……没有任何知识的束缚,他们任由想象力驰骋。

结果是,他们搭的木条,比我们现场的任何一组耶鲁学生搭的都要高!

教授的脸上焕出光彩,我们则"羞愧"地低下了头。

为什么美国是创新大国?为什么美国能培育出那么多的诺贝尔奖获得者?

答案非常明了。

卸下那些知识带来的包袱吧,把我们的思想真正解放出来吧!那些大人们自以为是的方法、知识、规则……可能正是束缚我们创造力的桎梏!

游学结束后,耶鲁大学为我们准备了晚宴。席间,学校的合唱队为我们献上了真正的"神曲"——由一些青少年学生带来的合唱。现场没有鼓,没有萨克斯,没有任何配乐,孩子们完全是用口技表演出了天籁之音。在场的每位听众,都听得如痴如醉,沉浸在这美好的艺术氛围中。而这场表演给我们带来的震撼在于,孩子们能有这样的表演水平不是课堂要求的,纯属业余爱好。要知道，这些学生可是学校里的佼佼者，他们学习优秀，也没有为了学业而放弃了自己的特长。耶鲁大学非常重视对学生个人兴趣爱好的培养。

哈佛大学也有异曲同工之妙。

这个世界顶级大学的图书馆，凌晨四点半依旧灯火辉煌的故事，已经在国内外家喻户晓了。而我亲眼所见的，比这则新闻更有趣。我到哈佛大学时，正好是半夜两点。让我们惊讶的是，整个校园灯火通明，简直就是一个不夜城。不管是餐厅还是教室，很多学生都在看书。那种浓厚的学习氛围一下子就感染了我们。可以说，焚膏继晷、废寝忘食，是对哈佛学子刻苦学习精神的最好描述。

但哈佛给我带来更大冲击力的，还是其寓教于乐的教学方式和教学氛围。

孔子说："知之者不如好之者，好之者不如乐之者。"激发学习者的兴趣，在东西方教育中都占据着举足轻重的地位。我去哈佛上课时，亲身经历了一场冲击心灵的难忘课程。那天，给我们授课的是一位西班牙裔的教授。

在哈佛上课，学生需要课前查阅很多与本课题有关的资料。弄懂这些资料后，教授会在课堂上提问，学生自由作答。但无论答案是什么，教授都会赞同你的说法，不住地对你说"YES"。而且，在教授的讲义中，一大半内容都是学生得出的结论，这让学生觉得，其实自己在学习中占据了主动性。

那位教授激情澎湃，他拿着粉笔，在黑板上写满了讲义。他一边写，一边讲，还频繁地做着手势，感染力非常强，场面极其震撼。

突然"叭"的一声，讲到动情之处的教授竟然跪下了，每位同学都被教授的课程感动得热泪盈眶，内心涌动起巨大的幸福感——大家都觉得，教授是在用生命和学生进行平等而真诚的对话。

除了课堂，哈佛的学生餐厅也建得非常漂亮，墙壁旁立着哈佛毕业的美国总统和世界级知名科学院士的雕塑。用餐未及一半，一阵"疯狂"的音乐突然从二楼传来。我们惊讶地仰头看去，原来二楼的表演乐队开始为我们"演奏"了——这些队员全是活泼热情的在校学生！同学们的表演非

丰富多彩的游学生活

常热情奔放,非常有趣,当然也非常专业,多年后仍然让人回味。

而我在西点军校的游学经历,则在精神层面上给我带来了巨大震撼。

众所周知,西点军校培养出了两位美国总统,还包括许多知名的军事家和世界500强企业家。著名的《西点校训》非常简短,翻译成中文仅有六个字三个词:责任、荣誉和国家(Duty,Honor,Country)。

这简短的三个词,却绝非空话和大话,西点军校要求他的每位学生都认真地思考并用军人的荣誉和生命来实践这三条校训。

学校的教官给我们这些游学的学生播放了一个教学影片。影片的叙事角度非常奇特——没有讲运筹帷幄的战略，没有讲战火纷飞的过往，只讲了一个发生在战场上的平凡又深刻的故事：

一次军事行动中，一位来自西点军校的学生被派往一个战地医院做救护工作。当时的情况万分紧急，这位学生面临一个两难选择——身负重伤的军人腿上绑着一枚炸弹，如果不立即取下并进行及时施治，伤者将很快因为失血而亡；如果动手取这枚炸弹，那整个医院被炸毁的可能性高达50%！

怎么办？

这名学生只有两个选择：一是赶快将这个伤员遣送离开，让他自生自灭；二是迅速做出抉择，冒着生命危险为伤者拆弹。

短暂的犹豫之后，学生想到了母校的校训，一股崇高的责任感油然而生。是的，作为一个军人，为了保护人民而死，乃是国家赋予的责任；作为一名医生，救死扶伤乃是天职。作为西点军校的学生，挽救英雄于危亡，不仅关乎母校的声誉更关乎个人荣誉。救治伤者是他义不容辞的选择！

于是，这位学生，下定决心径直上前去给这位伤者取弹。

当这名学生终于成功拆下炸弹时，在场的所有人都长长地出了一口气，接着便是雷鸣般的掌声。所有观摩影片的同学，都忍不住哭了。包括我在内。

看后我感慨万端。是的，人性天赋，并没有身份、职业乃至国家、民族的区别。身为人母，应该像西点军校这位义无反顾的学生一样，勇敢地挑起教养后代的责任，告诉我们的下一代，小到一个家庭，大到一个社会，不管走到哪里都不能忘了自己肩上必须承担的使命。

教官告诉我们，类似的故事西点军校还有很多。这些故事，鲜明地透露了西点人的领导力之奥。那就是，学生的执行力、领导力之所以高效，归根到底，是学生本人必须成为一个人格高尚的人。领导的要义在于，不是因为你能力最强或者智慧最高，别人就会执行你的意志。所谓"公生明、廉生威"，领导力的强弱在于德行之多寡，在于能否设身处地为下属着想。

这种充分发挥学生主体作用的教学理念，能够努力将学生的个人爱好深深地融入其血脉中，这种教学理念在西方教育实践中比比皆是。这也让我想起了发生在Mitchell身上的一则趣事。

耶鲁课堂上

我们曾专门为他聘请了体能外教。结果第一堂课就让我目瞪口呆：

Open and shut them,
Open and shut them,
Give a little clap,
Open and shut them,
Open and shut them,
Fold them in your lap……

这位外籍教师 Adam 在授课时根本没有什么教具，他随手拿起身边的垃圾桶盖，就开始为 Mitchell 唱起了上述儿歌。

这是一首美国童谣，Adam 唱得很有感觉，还一边唱一边配合着歌词打开、盖上垃圾桶盖子，Mitchell 则跟着节奏拍起小手，一副兴高采烈的样子。这首歌反反复复唱了几十次，Mitchell 也跟着节奏拍了几十轮小手。我觉得这是件一举多得的事：首先锻炼了孩子的全身肌肉；第二，让孩子有一种参与带来的满足感和成就感；第三，孩子还顺便学会了一首英文歌曲。

后来我才发现，这位老师特别善于利用生活中的日常用品，信手拈来就可以变成教具。

有一次，我先生为 Mitchell 买了一辆脚踏车，正准备组装，Adam 看见了就顺手拿过车轮当方向盘，唱了起来：

The wheels on the bus go round and round,
Round and round, round and round;
The wheels on the bus go round and round,
All through the town;
The people on the bus go up and down,
Up and down, up and down;
The people on the bus go up and down,
All through the town
……

Mitchell 也兴高采烈甩着小胳膊左扭右扭，还煞有介事地扮演起巴士司机来。

又有一次，保姆准备把一个没用的纸箱子扔到外面去，也被老师"扣下来"，一把把 Mitchell 抱了进去，没想到 Mitchell 异常兴奋，一脸惊喜地尖叫连连！

我也觉得很有趣，这可能就是美国文化的魅力吧！他们可以在生活中随时随地地因材施教，这对小孩子特别有吸引力。真的是因地制宜、信手拈来、春风化雨、不着痕迹。而这种非常接地气的灵活教学法，也很受 Mitchell 的欢迎。

哲学家萨克雷说："在孩子的嘴上和心中，母亲就是上帝。"宋庆龄也认为："孩子们的性格和才能，归根结底是受到家庭、父母，特别是母亲的影响最深。"因此，游学不但使自身获益匪浅，而且对我的育儿理念与方式也产生了重要影响。

或许多年后，已经成年的孩子们在感慨自己所拥有的广阔视野时，会情不自禁地说："我有一位愿意走遍世界、不断提升自我的好妈妈！"

修炼身心，控制情绪

骨碌、骨碌——啪！

"宝贝，怎么啦？"

"妈妈，对不起！"

"天哪！你又把我的香水瓶打破了！

你这个蠢货！你说你，打破了多少香水瓶了？你知道有多贵吗？"

"妈妈，我再也不敢了——

妈妈，别扭耳朵，疼！"

伴随着一通皮肉之苦，妈妈歇斯底里的喊叫声和孩子的号啕大哭声也一并传了出来。

这样的"战争"，估计每位妈妈都不陌生。

"战争"里没有赢家。每一次暴跳如雷之后，恐惧更深地投射到孩子的心里，而家长也陷入了深深的苦恼。

教育专家认为，家长的性格脾气好坏，会直接影响到孩子的心理发育。家长性情急躁，孩子碰到棘手的事也会心焦气躁；家长性格温和，孩子遇事自然平和理性。所以，控制情绪是必须引起家长高度重视的一件事。每位家长也非常清楚，发火根本不起作用。但面对到处惹事的孩子，还是克

制不住自己的怒火。

到底该怎么办呢？

当妈的应该明白，孩子的"淘气"，其实是最自然不过的正常现象，如果自己的孩子是那种"乖乖女""乖乖仔"，反倒应该当心了。众多教育学家的结论是：人的一生会经历三次主要的叛逆期，一次是两到三岁，一次是七到八岁，一次是十七八岁。

为什么襁褓中的孩子表现得非常"乖巧配合"呢？这是因为孩子在这一段时间，对外部世界充满了不安全感，因此会选择听话以适应环境。但到了两岁半、三岁期间，随着身心的进一步发育，他的秩序感就会形成。如果这种秩序感遭到破坏，孩子就会抓狂，就会一个劲地说"no"！当然，他也会尝试着对那些成人世界中的权威发起挑战。于是，各式各样的"淘气战争"就不可避免地上演了。

面对这种难缠的局面，如果家长选择"以暴制暴"，那必将引发一系列的连锁反应，同时也无助于问题的解决。家长必须沉住气，以无限的关爱来破解这一难题。因此，母亲不能过于强势，一定要学会扮演一个温柔的角色。

"你必须这么做！""绝对没有！""不可能！"诸如此类的话，听久了，孩子不但会没有主见，反而会形成严重的逆反心理，会在潜意识里嘀咕："我为什么非要按你的方法去做，我偏不！"

上善若水，以柔克刚，母亲的柔能令孩子更自信、更独立。

孩子还小，"不明事理"是他们的天性，不按照家长的要求去做，是他们最自然不过的选择，哭闹是他们的天性反应。

家长情绪平和，孩子就会有更强的安全感，情绪才不会起伏波动，情商才能健康发展。况且，孩子在自己的小圈子里社交时，总会有意无意地模仿家长。

甚至于，当妈妈的，如何处理与先生、与公婆、与邻里之间的关系，一举一动都逃不过孩子精明的眼睛，这些行为都会在他们敏感的心里投射出模仿的参照物。

当我生下 Chelsea 后,我发现哥哥 Mitchell 是有情绪的。更重要的是,那时哥哥两岁半,正好步入他人生的第一个叛逆期(又叫"宝宝叛逆期")。这一时期的宝宝,只要是父母要求做的事,他们基本上都会对着干,即所谓的"淘气"。

作为男孩子,Mitchell 的叛逆表现得非常明显。他刚刚和我"拉钩钩",约好了规矩,不到三分钟就变卦了;而我教育培养了他两年多的成长规矩、习性,一转眼他就会否定,就是要和你 Say No——对着干!

每到这时候,我都会有一种要抓狂的感觉,难过失望、情绪低落。但理智告诉我,越是这种时候,越应该控制好自己的情绪,努力静下心来,倾听孩子的心声。

记得有一次，Mitchell 的不良情绪影响了我，我忍不住冲着孩子喊了一声："Mitchell，你怎么会是这样子？"也许是我的表情有些过火，Mitchell 看到后，刹那间震惊了。他的眼睛睁得大大的，嘴角也被惊得合不拢，手里拿着玩具，就那么呆呆地"定"住了。他也许被我吓坏了：妈妈从来不和我发脾气，今天为什么会朝我发这么大的火？

看到了我生气的样子，吓了一大跳的 Mitchell 突然"变乖"了。那一整天，"破坏大王"变成了温顺的"乖乖虎"，他规规矩矩地将玩具放好，不再大喊大叫，不再搞那些恶作剧，也不再"欺负"妹妹——一切安好。但他的郁郁寡欢，神情上的不安，却让人心疼。

为了"惩戒"他，我假装没看见这一切，到花园里散心。

过了一阵，我冷静下来，开始检讨自己：确实，自己当时的情绪可能波动得太厉害了，对孩子的过错有点反应过头了。孩子能犯多大的错？一切的错误只是大人应对无方。于是，我赶紧走过去，抱起 Mitchell，噙着泪花向他道歉。

"Mitchell，妈妈错了，妈妈不应该对你大叫。真的，妈妈对不起你，妈妈以后再也不会这样……"

Mitchell 的眼里的惶惑逐渐退去，慢慢地，他的嘴角又泛起了笑容。

"妈妈是爱你的。以后，可不可以把这些鞋子放好，不随地乱扔这些玩具？把用过的东西摆好，就像你小时候一样，好不好？"我轻轻地抱着他，温和地说。

"好的，妈妈。"Mitchell 绽放出他一贯的笑容。

我笑着挠 Mitchell，他忍不住痒痒，不停地躲避着我。

屋子里又洋溢着母子俩欢快的笑声。

事后有一次，我在朋友圈里看到一篇文章，标题是《所有的生气其实都是对自己无能的抗议》。文章里引用了奥雷柳斯的一段名言："如果你对周遭的任何事物感到不舒服，那是你的感受所造成的，并非事物本身如此。借着感受的调整，可在任何时刻都振奋起来。"我又联想起鲁迅所说，玩闹和淘气乃是孩子的天性。

想想也是，假如我们的孩子真的每天都"静若处子"，展现给家长的，永远是一副温顺听话的样子，那一定是一种异常行为，绝非父母之福。解

决孩子的一切问题,还是应该从爱孩子的角度出发。如果是自己情绪不佳,实在不应该将气撒在孩子头上;如果是孩子的原因引起家长动气,也务必保持冷静、理智,要公正地解决问题。家长在气头上一定要将肝火压住,弄清实情,万勿冤枉孩子。

家长平常要做到修身养性,我很认可一句话:"功夫在诗外。"修炼心性应该从日常生活入手。平日里,我更乐于用冥想来平复自己的心绪。

冥想的本质是让自己安定。冥想的时间不论多少,十几分钟、半小时都可以。在这段时间里,不要去想任何事情,让自己的心灵彻底安静下来,回到最原始的空无状态,以训练自己遇事不急、不乱,更加理智地对待一切。

无论你是驰骋商界的女强人,还是深居简出的全职妈妈,不管你在职场里、生活中有多忙,冥想都应当成为我们生活中的必修课。

很多二胎妈妈,有时候必须得面对一团糟的生活:孩子的学业起居,自己的事业打拼,和丈夫及家人的关系……似乎每天都有永远也忙不完的事。有的时候,简直要乱了方寸,几近抓狂崩溃。在这种情形下,冥想不失为一种超脱自我、理智思考的好方法。

当你每一天规律性地给自己半个小时的时候,你就会看清楚很多事情,你的心态会更加平静。当你用这个正面的、更加平静的心态去面对你的孩子，面对你的先生、你的工作、你的整个家庭的时候，你会更加积极，更加从容。

每天，我都会给自己留三十分钟来冥想。在这段时间里，我将一切放下，手捻佛珠，信步到小花园里走走，看喷泉池、看鱼游，听流水潺潺，有时会偶遇喜鹊，我也会看看葡萄园里的葡萄藤长势怎样，葡萄是否依然青涩，苹果树开花了没有。

我会盯着这些果树、花草、飞鸟，静静地站着，什么都不想，五分钟或许十分钟。佛珠在指间快速地转动，刹那间，一种"遗世独立、物我皆忘、寰宇澄清"的感觉油然而生。回过神来时，我的心情豁然开朗，心绪无比宁静。

冥想结束后的我，会跟 Mitchell 和 Chelsea 一起玩游戏，那时候的我，笑声朗朗，信心百倍，觉得自己一定能做个好太太、好妈妈。

我想起 Mitchell 一岁半时的一件事。

那天，大厅里突然传来一阵喧闹——

"不好了，Mitchell 摔倒了！"保姆赶紧放下手头的活儿，跑过去将 Mitchell 抱起，不停地给孩子轻揉腿脚，神色慌张、面有愧意。

可她越是紧张，Mitchell 越是害怕，哭得也更厉害。

看到这一幕，我就和保姆沟通："阿姨，下一次，你绝对不可以这样。"

"太太，不好意思。Mitchell 刚学会走路……我没看护好……"善良的保姆不停地道着歉。

"阿姨，我不是这个意思。"我认真地对她说，"孩子不过蹭破点皮，有什么要紧呢？"

"太太，您的意思是……"保姆非常困惑。

"阿姨，孩子碰一下、摔一下，非常正常，他自己都不觉得有什么。"我顿了顿，"倒是我们大人，过度担心了。"

"孩子之所以哭个不停，往往是被大人的惊慌失措吓坏了。如果我们非常镇定，那孩子也会觉得没什么大不了的，慢慢地，他也就不会娇气了。"我解释道。

保姆听了，恍然大悟，连连说："太太，你说得在理。"

从那以后，Mitchell 每次摔倒后，他嘴一咧，惯性地想哭时，抬头看看

周围的人都很镇定,他也就没有了哭的"情境"和"动力"了。我们则会顺势鼓励他:"Mitchell,站起来,没事的!慢慢走。对,就这样,继续往前走!"听到这些鼓励的话,Mitchell早将些许的疼痛抛之脑后,将注意力转移到"如何迈开腿继续走"上了。

当然,对于任何一个妈妈来说,孩子哪怕受到轻微的磕碰,也是很揪心的。Mitchell"咚"的一声摔倒了,我确实有一种想跑过去看看他有没有摔伤的冲动。但理智告诉我,想培养一个坚强的孩子,我必须控制情绪、保持镇静。

"从哪里跌倒,就从哪里爬起。"现在,这句话也成了小Mitchell的口头禅——他觉得,摔倒后不哭一声,爬起来继续走下去是一件理所应当的事。

人是社会性动物,孩子是通过观察进行模仿学习的,偶尔的疼痛,忍忍也就过去了。但如果旁边有人惊慌失色,孩子就会条件反射式地做出强烈反应。

妈妈和孩子最亲近,对此理应有更清醒的认识。但问题的难点在于,作为女性,妈妈们往往被奔腾的母爱遮住理智的眼睛,从而难以做出正确的选择。

《汤姆叔叔的小屋》的作者斯托夫人说:"母亲们是天生的哲学家。"感性并非母亲的全部,我们同样擅长理性思考。只要我们保持一个平和的心态,不为外物所左右,遇事时保持镇静、淡定,就可以把良好的情绪传染给孩子。

记得少女时代时我曾经看过这样一则故事:

一位探险家雇佣一些土著人挑着笨重的行李行走在南美的丛林中。

前五天,土著人脚快如飞,总是将探险家远远甩在身后。

第六天,太阳升起,探险家醒来喊土著人赶紧上路,但他们却拒绝行动。

探险家不解。土著人告诉他,自古以来,他们的族群中就流传着一个神秘的习俗——他们在行路时,会竭尽所能地往前冲,但每隔五天,就要休息一天。

探险家非常好奇,问土著人为什么会这样。

土著人看看朝阳,很认真地回答:"我们要给灵魂留下能够追得上身体的时间。"

探险家深以为然。

是的,现代社会中,每个人的压力都很大。但我们真的应该学会放下、学会放松、学会冥想,更要学会释怀,在百忙之中不至于迷失自己——因为妈妈淡然,孩子也就淡然;妈妈从容,孩子也会从容……妈妈永远是孩子最好的榜样。

时尚辣妈，产后修炼

"什么？Yolanda，你生过两个孩子？那你的身材为什么还这么棒？皮肤还这么紧致？快告诉我，有什么秘诀呢？"在做SPA时，和我一起做护理的同伴Audrey好奇地问。

"我是生了两个孩子，可身材保持成这样有什么稀罕的吗？"我打趣道。

女伴不依不饶："你的身材我倒是还有信心追上来，可你的心态却非常年轻，完全没有那种刚生完孩子后的沉重感。要知道，好多女人，因为生产患上了'产后抑郁'呢！"

"Audrey，我现在龙凤在怀，高兴还来不及呢。怎么可能会抑郁呢？"我笑着说。

听闻此言，Audrey也向我投来友善的微笑。

SPA回来的路上，我让司机自己开车回去，自己独自一人走在回家的林荫路上。

我一路走着，偶尔小跑一阵。清风吹来，将我的长发卷起，一些发丝调皮地缠绕在我的鼻尖、耳郭和脖颈处，我轻轻地将它们拂开。

可能我的一身粉红色健身衣也分外引人注目。从我身旁路过的许多骑行者、开车族都会情不自禁地扭过头来看看我。每到这个时候，我也会忍

产后体重一度达到 155 斤

俊不禁："哈哈！看来我虽然已经结婚，并且育有二胎，但回头率还是蛮高的嘛！"

就这样，我一边走，一边愉快地哼着歌，逐渐陷入了深深的思考。

Audrey 说得没错，婚后许多女人都陷入了产后抑郁的泥潭——她们或者抱怨自己生完孩子以后一下子就变老了，乳房也逐渐下垂不再坚挺，身材也不再曼妙玲珑，回头率也呈断崖式下跌……更有甚者，生下小孩后，一些丈夫不够体贴，不仅不努力分担家务，还会埋怨妻子照顾孩子不够周到，这也会加剧产后抑郁的发生。

最要命的是，很多新手妈妈会发现自己似乎突然掉进了人际关系的深渊。多少个瞬间，哪怕是鸡毛蒜皮的小事，她们也会觉得公婆在指桑骂槐，数落自己。即便是邻居偶然的一个眼神，很多新手妈妈也会误认为是在奚落自己……长此以往，一些妈妈便会觉得自己一无是处——不再美丽，不再善良，不再像生孩子以前那样对生活充满了信心……于是，或号啕大哭，或低声悲泣，或碰到一丁点儿的不如意就大动肝火……疲劳、焦虑、不安，始终充斥在她们的心头，对生活的无力感阵阵袭来。

产后减肥任重而道远

妈妈：做孩子最好的榜样

这种异常感觉，有些会在产后几天逐步显现，也有些会在一年以后才出现。

这些妈妈们逐渐变得沉默寡言、郁郁寡欢，不再喜欢搭理人，也不再喜欢被别人搭理，慢慢地，她们将自己封闭起来，孤立地活着。伴随着这个过程的，还可能有奶水的锐减，如果再加上孩子因为生病住院，妈妈们会更加抓狂，甚至直接崩溃……

所有的这些，都是Audrey所说的产后抑郁可能出现的症状。最终给新手妈妈和孩子，甚至亲人们带来严重伤害，让人唏嘘不已。

究竟是什么原因，让产后抑郁扰乱了美丽妈妈们的快乐心境呢？

主要原因是她们的心态不够平和，对自己的要求过高了。一些妈妈过于追求完美，这是女人的天敌——如同筑坝一样，内心的标准越来越高，储蓄的压力越来越大，一旦决堤，危害自然更为严重。

产后抑郁的危害不小，那么，我们究竟该如何减轻乃至消除产后抑郁呢？

滑雪能加快产后身体代谢

  首先，要保持心态平和。对自己的要求不必过于严苛。应该意识到，生育孩子是女性再自然不过的一个人生经历，产后出现的种种不如意——如因为营养摄入过多，骨盆变宽而使得身材浮肿；因抚养孩子而导致的面容疲惫、心神俱疲等现象都实属正常，大可不必一味纠结。每一位妈妈都应该相信，阳光总在风雨后，一切的不如意都只是暂时的。产后身材稍微发福一些，也只是暂时性的生理现象，经过正确的调理，是完全可以恢复为原来的窈窕身材的。

  其次，在很多情况下，产后抑郁只是因为和家人沟通不畅，因人际交流受阻引发的。这种时候，妈妈们应该怀有阳光心态，心存善念，经常回顾、念及别人对自己的恩惠，和丈夫、父母、公婆、闺蜜等亲人之间进行积极的互动交流，使阻塞了的情感得以平稳宣泄。

  最后，加强产后代谢运动，更好地排解心理压力。

  我167cm的个子，也算身材高挑了。生完Mitchell之后，我的体重一度达到155斤。经过产后修复运动，Mitchell一岁三个月的时候，我又恢复成了105斤的窈窕淑女。生完Chelsea后，我的体重又快速攀升至155斤，经过十个月的锻炼修复，我的体重已恢复到105斤。

  我还记得，生完宝贝后，医生告诉我："好了，再过一段时间你可以运动了，可以去恢复你的曼妙身材了！"但梦想与现实总是有距离的——相信大多数妈妈们和我一样，怀孕期间都胖了不少。这也难怪，荷尔蒙如潮水

产后我依旧很喜欢高尔夫运动

般涌来,还有个宝贝每天每夜地哭闹……所有这些问题,都打乱了我产后恢复身材的计划。

但爱美是女人的天性,为了窈窕,更为了健康,我还是克服了种种困难,坚持科学锻炼。

为了恢复肌肉弹性,我们需要强化腹部运动,比如卷腹运动和仰卧起坐等。大多数妈妈在孩子呱呱落地之后,就开始对自己的赘肉犯愁了,担心自己没有时间和场合进行锻炼。卷腹运动和仰卧起坐简便易学,时间可长可短,也没有场地等特殊要求。产后的腹部锻炼是需要保证稳定性的。平板支撑是非常不错的选择——这个动作在锻炼了我们的腹横肌的同时,也不会给腹直肌过多压力。为了增加基础代谢率,我同时还选择了机械锻炼来增加肌肉量,效果非常明显。以上这些运动是产后妈妈恢复身材、找回马甲线的不二选择,同时对胸部的健美效果也非常明显。而针对腿部减脂最容易做的就是剪刀腿,一次连续做五十个,每天做两次,会非常有效。

多做有氧运动似乎是一个老生常谈的话题,坚持做有氧运动,妈妈们会很快发现,那些喝口水都会发胖的梦魇已经远去,再也不必为了身材而对美食"怀恨在心"了。

有氧运动中,我最喜欢晨跑。道理非常简单,晨练简便灵活,效果还

好。四十分钟的有氧运动，脂肪还没有开始燃烧，这个阶段只是质变前的量的积累；四十分钟以后，脂肪开始在体内燃烧，美神就会光顾你的身体。

人们常说"饭后百步走，能活九十九"。其实，除了可以益寿延年，作为一种简便易行的有氧运动，饭后慢走对于女性减肥的妙用也不可小觑。我经常在每天晚饭后去花园里散步。晴朗的夜空下，清风拂面，花香袭来，一天的劳累和烦恼都被抛之脑后，这真是一种难得的人生享受，何乐而不为？

"独乐乐不如众乐乐"，做有氧运动时，最好能吸引孩子和家人们一起来锻炼分享。喜欢运动是孩子们的天性。运动中，孩子们可以呼朋唤友，可以和妈妈亲昵互动，可以感受生活的乐趣，孩子们当然会乐此不疲。

我家的经验值得借鉴。为了加大运动强度，让身体达到满负荷的状态，我会和先生一起推着婴儿车，让Mitchell或Chelsea坐在里面，大家一齐跑。许多国际学校也有类似的比赛。赛场上，孩子们笑逐颜开，家长们竞相角逐，我和先生则累得满头大汗。每当我们浑身疲累难以坚持之际，一看到婴儿车里孩子们痴迷享受的样子，就会咬紧牙关，鼓励对方坚持跑到最后。而因为有了孩子的参与，这种运动始终弥漫着快乐的味道，这也成为我们全家亲子互动、享受生活的家庭节目。健身与亲子活动一举两得，真是人生乐事。

需要提醒的是，刚生完孩子的妈妈们，身体里充满了让关节柔软放松

的荷尔蒙。这种情形下，新妈妈们是不适合做强冲击力运动的，比如跳跃、跑步和类似羽毛球、网球等需要急停的运动。刚生完宝宝的妈妈，尤其要呵护好自己的骨盆——那里就像一个网兜承载着内脏的所有重量，如果不注意就容易发生危险。

女人的三围是永远的骄傲。产后所有的脂肪都很松软，胸部、腹部和臀部等部位都会因妊娠、分娩而在外形上出现自然下垂，这让许多妈妈感到非常郁闷。更有甚者，她们可能会嫌弃自己日渐发福的身材。其实，妈妈们没有必要盲目着急，借助塑身衣等装备来管理我们的脂肪，把游离的脂肪固定到合适的位置上，就可以达到让身材健美起来的目的。工欲善其事，必先利其器。选择一款合适的塑身衣将极大地改善产后妈妈的形体，甚至会产生立竿见影的效果。

塑身衣的原理很科学。我们首先要清楚，造成乳房下垂等窘境的根本原因是脂肪积累过多，而且这些脂肪柔软、游离，自然不会像生产前那么紧致有型，出现下垂也就不奇怪了。塑身衣的作用正在于釜底抽薪，通过固定柔软的脂肪，让妈妈们的身材重回玲珑。

当然，有时候穿上塑身衣，整个人会变成"蜘蛛侠"，身体会有强烈的束缚感，甚至有种透不上气来的感觉，这会让妈妈们抓狂。正因为这个原因，一开始我也非常排斥塑身衣，先后买了好几套都被束之高阁。

后来，一位闺蜜来我家做客，我聊起我对塑身衣的看法，她觉得非常

妈妈：做孩子最好的榜样

可惜。她告诉我，因为产品设计理念和材质的不同，不同的塑身衣穿上后的感觉也不一样。她向我推荐了一款产品，说这款产品既不会压迫淋巴，透气性也非常强，一定能消除我对塑身衣的不良印象。我依言买了一套，穿上后，果然觉得非常轻盈畅快，那难堪的束缚感也一扫而光。因此，选择适合自己的塑身衣才能坚持穿下去。

同时，新妈妈可以根据自己生产方式来决定穿塑身衣的时间，一般顺产为产后一个月，剖腹产为产后六个月。哺乳期的妈妈建议上半身不要穿塑身衣，否则会造成乳腺血流不通畅，容易导致乳腺增生！

最后，产后要善补，妈妈们既能补充营养保持健康，也能越来越苗条。

产后妈妈身材容易走形，膳食结构不合理也是其中一个重要原因。我属于易胖和易水肿的体质，所以即便在怀孕过程中也尽量吃些含糖量低的水果和低脂类的食物，但生产前还是长到了160斤。生完Mitchell一周，也还有150斤，那时真是身材浮肿、举步维艰。可十个月后我就又变回了105斤，而且皮肤紧致。我能迅速恢复身材，合理的膳食搭配功不可没，所以我也想和大家分享一下。

那么，在饮食方面我具体是怎么做的呢？

晚上多吃蔬菜，少吃主食，但不能节食，因为节食会使身体的整个基础代谢率降低，反而会引起体重反弹，有害健康。

Mitchell出生后，少盐、少油、多蔬菜的膳食结构一直是我家菜谱的主

妈妈：做孩子最好的榜样

旋律。少油少盐可以帮助身体排出水分，又可以减少五脏负担。

可我天生就是个"水果女王"。怀孕期间，我无节制地享用各色珍馐美馔，所以收获了"鸭梨身材"，后来真是追悔莫及。水果营养丰富、味道可口，固然是大部分女生的最爱，但怀孕期间如何选配水果，其实大有讲究。这方面，我总结出许多行之有效的经验。

首先，可以选择一些低卡路里的水果，比如樱桃、蓝莓、柚子、苹果等。我以前最爱吃的牛油果、香蕉、哈密瓜等，几乎都忍痛割爱了——牛油果全身是脂肪，大量食用的后果可想而知；哈密瓜糖分很高，是身材发福的罪魁祸首。我强烈向大家推荐火龙果，它的植物蛋白含量非常高，吃了之后可以拒绝任何主食，营养价值更不必说了。

蔬菜里富含大量膳食纤维，没有诱发肥胖的隐忧，妈妈们大可开怀享用。

丰富的蛋白质对产后妈妈全面摄取营养至关重要。各类豆蛋白都可以适当补充，比如豆浆、豆皮等，妈妈们都应该重视起来。

此外，即使担心营养过剩，妈妈们也不必刻意减少肉类的摄取。我的经验是，一定要执行严格的"挑肥拣瘦"标准，肥肉一律拒之门外。

我的肉类食谱中 80% 为鱼类。其中，花胶和海参是我的最爱。这两样珍馐是海中佼佼者，最富营养。产后的妈妈们胶原蛋白大量流失，可以用海参、红枣炖花胶，还有海参炖蛋以及甜醋花生煲猪蹄等膳食进行食补。

海参的营养特点是"两多一无":多胶原蛋白——海参里的胶原蛋白可以完满地解决产后因为流失了大量胶原蛋白导致的皮肤松弛问题;多微量元素——海参里大概含有一百多种微量元素,丰富全面,足以补充孕妇日常所需;"一无"是说海参虽然营养丰富,却是零脂肪,因此妈妈们食用海参无发福发胖之虞。

花胶与燕窝、鱼翅齐名,是"八珍"之一,素有"海洋人参"之誉。花胶俗称鱼肚,是从鱼腹中取出鱼鳔,切开晒干后而成,它含有大量的高级胶原蛋白、多种维生素及钙、锌、铁、硒等多种微量元素。花胶可以跟排骨、老母鸡或冬虫夏草等一起煲汤,营养丰富、固肾培精,很适合产后体虚的妈妈们食用。

妈妈们还要注意减少淀粉类食物的摄入,增加海水鱼等细蛋白易消化的食物的摄入。

严格意义上说,减肥应该拒牛奶于千里之外——即使是低卡路里的牛奶,都应该束之高阁。但相应的问题也来了:不喝牛奶,我们该如何破解产后缺钙的难题呢?这也是一个小 case,大量补充维生素 D3 就可以了。从根本上说,补充维生素 D3,才是补钙的关键。

许多妈妈经常和我探讨:"产后补钙就可以了,干吗还要吃维生素 D3?"她们有所不知,这其实和产妇的特殊生活习惯有关——绝大部分妈妈,产后很少出门。因为不晒太阳,所以体内维生素 D3 不足,这样一来,即使服用再多的钙片吸收也不好。所以,每天补充维生素 D3 或者复合维生素,对产后妈妈们补充钙质大有好处。

茶禅一味。产后饮茶,既能消脂又能修心,一举两得,轻松兼顾。但因为茶里有大量的咖啡因,如果晚上饮用,容易失眠。所以,我经常选择上午时分在阳光房里沏一壶普洱茶,然后漫步花园,看竹篁悠悠,享清风送爽。在花园里待一会儿再回到阳光房品茶,感觉非常惬意。有些妈妈一边喝普洱茶,一边给孩子喂奶,这种方法大错特错,因茶里富含咖啡因,对孩子的发育极其不利。但给孩子断奶后,妈妈们则可以开怀享用普洱茶,这是没有禁忌的。

喝柠檬水和服用酵素也是非常好的清肠减肥方式。很多妈妈产后水肿,喝红豆薏米水可以去湿消肿——我们平常所说的"浮肿",其实主要是由体

产后已恢复

内多余的水引起的，薏米是很好的排湿食材，可以消除多余的水分；红豆是补血、养颜的佳品。红豆薏米兼有补血和消肿的双重作用，既好吃又养生。

  值得一提的是，想宝宝身体健康，母乳喂养很重要。许多妈妈怕身材走形，不愿意母乳喂养，这真是大错特错。科学研究证实，在增强免疫力、减少婴儿猝死、提升智力、防止罹患过敏性疾病等方面，母乳功不可没，纯母乳喂养的婴儿发育更为健康。因此，我建议在宝宝出生六个月内最好纯母乳喂养。六个月后，可以配合适当的辅助食品。整个母乳喂养过程应该持续到孩子两岁后，让孩子自然离乳。

  产后减肥是一个非常复杂的问题。妈妈们的身上肩负着自己和宝宝健康的双重责任，不可掉以轻心。

  妈妈们还应该多进行亲子活动，从自己的小宝宝那里汲取生命营养，开阔心胸。每当我看到 Mitchell 和 Chelsea 承欢膝下、活蹦乱跳的样子，就对生活、对生命升起无比的信心和满足。似乎，我从他们身上看到了作为一个母亲的价值。

  雨果说："慈母的胳膊是由爱构成的，孩子睡在里面怎能不香甜？"是的，自己孕育小宝宝所经受的艰辛，对产后抑郁、身材走形的担忧，和孩

妈妈：做孩子最好的榜样

子们灿烂的笑容相比，算得了什么呢？为了让自己的孩子能香甜地睡在自己的怀里，每一位母亲，都可以笑对任何艰辛考验！而明了产后健康修复身体的方法，我们一样可以做个健康、漂亮的超级辣妈！

事业家庭，兼顾有方

作为职业女性，我非常清楚：凡事要学会取舍，有"舍"才有"得"。大舍才能大得，不舍便不会得。在竞争日益激烈的现代社会中，事业和家庭之间难以兼顾，事业和家庭频繁发生冲突的现象也越来越普遍。我和许多妈妈一样，也曾为此非常苦恼。

一个偶然的机会，我在公司午休时看到了哈佛大学医学院附属麻省总医院（MGH）精神科医生、精神分析治疗师罗伯特·瓦尔丁格教授在TED上所做的演讲《什么是美好生活/The Good Life——哈佛75年研究报告》。

瓦尔丁格教授是著名的成人发展研究所第四任所长，其前任所长自1940年以来一直致力于精神医学领域最负盛名的"人生全程心理健康研究"，瓦尔丁格教授将这一课题坚持了下去。

七十五年间，他们聚焦于所有人都关心的"什么是美好生活"这一课题，研究团队追踪了724位男性的成长经历。在最早的724名男性中，大约有60位还在世，并继续参与这项研究。年复一年，他们询问这些志愿者的工作、家庭生活和健康状况。

从1938年起，他们追踪了两组男性。

第一组在加入研究时还是哈佛大学大二的学生。他们属于Tom Brokaw所说的"最伟大的一代"，都在第二次世界大战期间完成大学学业。之后绝

Mitchell 五个月时我去纽约进修

妈妈：做孩子最好的榜样

大多数人为战争工作。

另外一组被追踪者则是波士顿最贫穷地区的男孩。正是因为他们来自于20世纪30年代波士顿麻烦最多、最底层的家庭，才最终入选。这组里的多数人都住在出租屋里，生存条件艰苦。后来这群青少年长大成人，职业各异，有工人、律师、泥瓦匠、医生，还有一位成为美国总统。也有的成了酒精依赖者，一些患上了精神分裂症。总之，有的人从社会底层一路爬到上流社会，而一些人却沿着相反的方向走过这段人生旅程。

而瓦尔丁格教授他们从长年的研究中得到了什么呢？他们得到了一个非常清晰的结论——良好的关系让我们更快乐、更健康。构成美好生活的最重要因素并非富有、成功，哪怕一个人的事业再成功，社会地位再显赫，没有健康的身心及温暖、和谐、亲密的人际关系，他依然过得不幸福。瓦尔丁格教授最后总结说："我们的研究显示，发展得最好的是那些把精力投入人际关系，尤其是家人、朋友和周围人群的人。"

什么是真正的成功？瓦尔丁格教授这短短十几分钟的演讲，让我醍醐灌顶，终于开悟了、释然了。从此，我采用种种方法，努力平衡家庭、事

和 Chelsea 一起散步

业之间的关系,确保了家庭和事业的和谐发展。

我的闺中好友 Erica 经常向我讨教其中的"秘方"。

一次,她一边漫不经心地听着 Dazz 乐队的歌曲,一边侧头问我:"Yolanda,别的女孩只生一个就叫苦连天,而你身边缠着两个孩子却笑逐颜开,最重要的是你还在外面经营着公司,开着育儿专栏,大家都说你有'三头六臂',你真是神了!快说说,你真的有'三头六臂'吗?"

我莞尔一笑,对 Erica 说:"我哪里是什么'三头六臂'的怪物,我不过是依从自己内心的需求罢了。"

Erica 将耳麦摘下,迫切地问:"你的方法到底是什么呢?"我故作沉思状。

Erica 被吊急了胃口,更是不依不饶,一个劲儿地催我回答。方法到底是什么呢?我略一思索,缓缓向她道出"秘籍"。

第一,妈妈们要善走跷跷板,把握好家庭事业的平衡。

许多妈妈抱怨家庭事业不可兼得,繁重琐碎的家务阻碍了她们的事业发展。事实上,事业和家庭并不矛盾。哈佛大学心理学系研究结果表明:事业有成的妈妈,培养出的孩子更卓越、更具智慧。

这是为什么呢?

据我观察,纯粹做一个全职太太,对孩子的身心发展并不好。为什么这么说?因为儿童就是一张白纸,他所有的发展潜能,无不来源于外界的刺激。所有的这些刺激,内化为孩子的智力、情感……进而固化成一定的

做成功男人背后的女人

反应模式,最终作用于孩子周围的人和事。

蒙特梭利曾把环境比喻为人的头部,认为环境主宰着人的一切行为,要求家庭特别注重"有准备的环境"。从这个理念出发,母亲作为为儿童设计专属环境的第一人,其示范作用非常突出,更易被孩子模仿。

尤其是孩子三岁前的黄金早教期间,一个积极进取的母亲形象将深深地烙在孩子心中,成为他一生前进的指路明灯。中国有句俗语:"三岁看大,七岁看老。"西方也有一句谚语:"六岁决定一生。"古往今来的科学实验和研究已经证实,0~6岁是人各项能力快速发展的关键期,而0~3岁是关键期中的黄金时期。如果错过这一时期,孩子的学习就会事倍功半,很可能一生都会走得很艰辛。

作为孩子的第一任教师,母亲的榜样才是最重要和最有效的。要让孩子看到你对生命和事业的深刻的爱,要让他感受到你对成功永无止境的追求,让他和你分享自己每一天的进步,这样你的孩子就会逐步将成功的妈妈的所有价值取向、意志决心、方法策略内化于心,形成条件反射,进而培养起自己积极健康的进取心态,并因此受益终生。

哈佛的研究也表明,职场上打拼的母亲,回家后更成熟、更睿智。即使她们每天只能抽出一个小时来陪孩子,对孩子的成长也大有裨益。"物以稀为贵,稀缺才是价值",这一个小时虽然短暂,却是事业型妈妈的生命精华。它饱含着妈妈们从丰盛事业中带回来的喜悦与自信,融合了她们在职场风雨路上锤炼积淀下来的成熟的人生观、世界观和价值观。这些浓缩了的人生精华，将潜移默化地传递给她们的孩子们。

因此，作为一位母亲，一定要辩证地理解天伦之乐与拼搏进取之间的关系，一定要在这个快速变革的社会中找到自己的价值，然后把这些成功的经验，培植为花，酝酿为酒，提炼为蜜，反哺和滋养你的孩子，而不应该在家庭事业上顾此失彼。在特定的阶段，家庭与事业之间会存在一个彼此消长的状态，在时间和精力分配上，可能会有侧重，但只要其出发点和落脚点是为了孩子好，家庭就能和谐。所谓"物有本末、事有始终"，快生意，慢生活，其间道理是一样的。

我一直有自己的事业。自生完Chelsea以后，我一直在思索，想要做一份与孩子教育有关的事业。这样我既可以平衡和兼顾家庭教育和事业，又可以将事业中所得到的营养回馈给孩子。

经过深思熟虑，我找到几位在教育方面都非常出色的闺蜜们，聚焦全球"最IN"的宝妈宝典，通过MC这个平台，提供最科学的育儿资讯。将多年来在育儿家教方面的一些心得和知识，毫无保留地分享给每一个和我有过同样困惑的妈妈们，并为宝宝们带来更多的双语故事和MC English Song，通过简单的MC English Song启迪宝宝们对英文的爱，拥抱这个世界。

在创业过程中，我的育儿理念也不断得到修正调整，并反过来完满地解决了家庭和事业相冲突的矛盾，并深受周围亲朋好友的支持。

第二，事业型妈妈应该铭记，即使忙得团团转，也一定要抽出时间和孩子共同用餐。

美国有一位财富500强企业家，每天的工作日程排得满满当当。但她坚持每天陪孩子共进早餐，去幼儿园接送孩子。这位企业家在接受采访时说，她之所以会做出这样的选择，是因为每天和孩子共同用餐，在固定的时间里，在活跃的气氛下，最利于密切亲子关系。她认为，在和孩子的亲密互动中，在和家人的嘘寒问暖中，彼此心灵都得到了滋养，这绝非平日那种耳提面命式的教育所能比拟的。

需要指出的是，在教育孩子这个问题上，妈妈们切勿陷入请人代劳的误区。

"Yolanda，我都快忙疯了，可不可以让保姆替我去接孩子？"经常有

每天按时接 Mitchell 放学

妈妈：做孩子最好的榜样

妈妈这样咨询。

No，No，No！我经常微笑着打消她们的念头。原因显而易见，孩子们之所以喜欢让家长每天接送，是因为他们尚未筑牢安全感的大堤。当他们看到妈妈或爸爸亲切而熟悉的微笑时，深深的安定感就会油然而生。孩子们就会知道，他不再孤单，他不用害怕，因为爸爸和妈妈就在他身边。

第三，见缝插针，提升效率。

每天早上我通常在 6:30 左右起床，然后抓紧时间洗漱、冲凉、换装。叫醒孩子，抱他去洗手间刷牙洗漱、喝奶，接着是营养早餐。

早餐之后，是 DHA 辅食时间，之后我驱车送 Mitchell 到幼儿园。返回家，我抓紧时间跟 Chelsea 玩一会儿，再穿上高跟鞋，换好职业装，接过保姆递过来的公文包，赶紧去公司开会。

先生善解人意、非常体贴，早上所有的这些工作，通常由我俩共同来做。比如，如果我特别忙，先生会主动请缨帮忙喂奶。他喂奶的样子虽然稍显笨拙，但却是发自内心的爱意流露，也为我争取了不少时间。

在公司忙碌一上午后，我会将第二天的会议时间和内容通知秘书——如果方便电话会议，我会尽可能地选择远程模式办公。大概在下午3点，在安排好所有工作后，我就一头钻进车厢，飞驰在回家的路上。

一般3:20左右，我就已经停好车，从停车场出来，并等在幼儿园门口了。Mitchell看到我的笑脸后，他兴奋地跑过来跟我亲昵一番。有时他不愿意立刻回家，我们就在外面多逗留一会儿，去泡会儿图书馆，去运动场踢踢球，这个过程一般是一个小时左右。

虽然幼儿园离家很近，但回家的路上，往往又变成了"动物课堂"，因为这时候Mitchell总要停下来问候一下他的老朋友——家舍饲养的羊和狗等小动物。有时候我也会带Mitchell去上一些课外课。

回到家里一抬头，已经5点了！赶紧请保姆上楼为Mitchell洗澡，我则见缝插针地继续工作，或者利用这个间隙陪一天没有见面的Chelsea画会儿画，或者唱首歌。

正当我噼里啪啦地批阅文件或者和Chelsea亲昵之际，Mitchell裹着浴衣下来了，然后嚷嚷着要我陪他玩。好吧，母子三人嬉戏一番，不知不觉，

和Mitchell一起录English Song

妈妈的陪伴是给孩子最好的爱

妈妈：做孩子最好的榜样

时针早已越过五点半了。

"叮咚"一声，在 6:30 左右，风尘仆仆的先生回来了，全家人开始共进晚餐。

7:30 左右，用膳结束。全家人出去散步，享受我们的 Family Time。

月上枝头、星云疏淡。晚 8:30 左右，我们跟 Chelsea 拥抱后互道晚安，保姆抱着她上楼睡觉，我则喂 Mitchell 吃完奶，然后给他讲讲故事、聊聊天，或者给他轻声地哼唱摇篮曲，睡意袭来，Mitchell 在我的怀中开始和周公约会了。

好了，此时我终于有了属于自己的时间了。抖擞精神，开始了女工作狂的"夜猫子"生活。

一般情况下，晚上 9 点左右，我会静坐、念佛、修身、参禅、冥想。回顾一天的事，"让身体赶上灵魂"，然后计划明天的工作，回复紧急 E-mail，或者进行远程办公，和高管们研讨并制订工作战略。

10 点左右，我和先生的"二人世界"开始了。我们会在楼下家庭影院看会儿电视或电影，聊聊天，播上一曲 Jazz，我和先生在舞池中翩翩起舞。这个必备节目，让劳累了一天的先生在他的爱人这里，得到母亲般的怜惜、妻子的疼爱和女儿般的娇嗔，助力他找回价值，明天像一个斗士一样奔赴新的"战场"！

二胎宝妈 MC 举办的亲子瑜伽活动

不经意间,指针不紧不慢地停在10:30左右的位置,我和先生开始打呵欠,我们相视一笑,去冲凉、去就寝。一个充实而甜蜜的妈妈之梦,也徐徐拉开帷幕。

没有最忙,只有更忙。这就是我——一个二胎妈妈的一天。由于我在长年的事业打拼中养成的良好而高效的工作生活习惯,恨不得将一分钟掰成61秒用,模块化的时间不放松,碎片化的时间不放弃,所以我能做到忙而不乱,工作和家庭上都处理得井井有条。

第四,分清轻重缓急,学会优先排序。

"理想很丰满,现实很骨感。"有些计划一旦落地,就会陷入难以执行的尴尬和窘境中。翻开日历,有时候密密麻麻的计划安排,会让我眼花缭乱:

6月2日,为了Mitchell顺利进入国际学校,我要清晰工整地逐一填写一厚沓入学申请表,准备大量资料;

6月中旬,完成一篇国内知名杂志邀约的有关二胎的专栏文章;

7月5日,日本早稻田大学邀请知名东亚企业家参加该校举办的智能化时代商业应变机制游学论坛;

7月20日,Chelsea将迎来她一周岁生日。我必须考虑将如何别出心裁地为她开一场盛大的庆生Party;

MC平台上线后的流量监控及各类线下活动也在紧锣密鼓地推进;

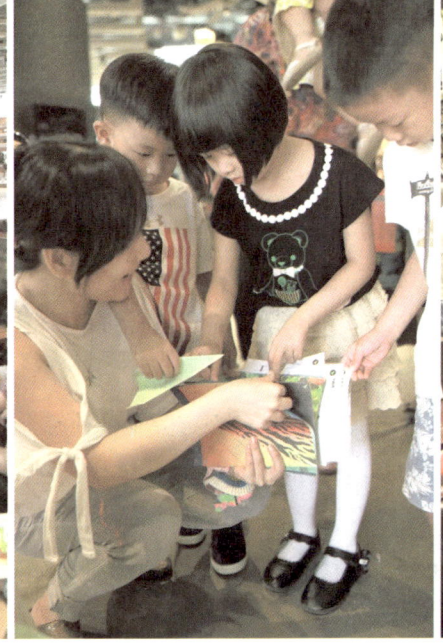

二胎宝妈 MC 举办的手作纸飞机活动

媒体约访的函件更是雪片般飞来，难以全部推掉；

……

这些事务个个迫在眉睫，其中不乏棘手而紧迫的项目！

填写 Mitchell 入学申请资料也非常繁杂。英文表格里的每一行字，都要父母亲笔填写，并且出具署名、签章……稍有疏忽就必须重新打印，重新填写。有时候，看着眼前堆放着的密密麻麻的资料，我会累得趴在桌子上不想动。除此之外，我还要为他准备入学所需的照片和 Mitchell 的手工、绘画作品集，并提前预约面试时间……所有的这些工作，必须严谨细致地做好，力求展示出孩子的美好形象。

日本的游学论坛对我而言诱惑非常大——同行的有国内知名风投机构负责人，还有国内工商业界新秀，他们的公司前景光明，许多商业模式新颖独特。而且，带队的是德高望重的权威经济学家。日本方面来接洽的也是新兴业态的一流企业家和知名学者。显而易见，这是一个格局大、层次高、资源丰富的论坛活动，机会实属难得。

为 Chelsea 庆生，做妈妈的当然不能角色缺位。邀请名单的拟定、甄选，邀请函内容的撰写，酒店预订，Party 上的节目选择……事无巨细，我必须亲力亲为。

MC 平台初创，事务也非常繁杂：招聘员工、与内容合作者沟通交流、定期举办线下活动、精心审校每期稿件、设计编排文章……

不一而足。

一开始，千头万绪的事情纠缠在一起，将我紧紧地束缚住，就算真有三头六臂，也实在无法应对啊！我甚至挤不出时间去接孩子，只好请保姆代劳。而 Mitchell 回家后，脚一落地，也只能听到我简短的机械式问候：Hello，Mitchell！你今天过得还好吗？

可是，不管他如何作答，我早已心有旁骛，神游太虚去了：

到底该如何提炼 MC 平台的特色，做好定位？栏目架构和商城安全支付是否需要升级？

明天育儿杂志的记者要来家里专访有关智能化时代的育儿之道，要不要再次推迟呢？

我还要夜以继日，伏案疾书关于家教方面的新书。

……

焦虑在一点点蔓延，压得我喘不过气来，说自己快要崩溃了也毫不为过。可最让人无法接受的是，即使我忙得焦头烂额，也依然费力不讨好。一个很明显的例子是，我发现一旦我忙得不可开交的时候，Mitchell 就会一改往日的活泼可爱，变得爱哭爱闹，乱发脾气——他需要爱和体贴，需要我们再多陪陪他！

怎么办？

彷徨之后是清醒，重压之下是厘清，一团糟的时候，只剩下了抉择。

是的，"家有三件事，先从紧处来"，无数次的煎熬之后，我自然而然地面临了抉择，或者说如何优先排序的问题。

举例而言，在我上述列出的几件事中，为 Mitchell 申请国际学校，安排面试，让他按时上学，这是显而易见必须排在第一位，优先解决的；其次是 Chelsea 的生日 Party，这也是一件等不得、拖不起的必须要办好的大事——肯定不能给孩子和家人留下遗憾；而参加日本企业家论坛固然非常重要，但这件事挤占的时间和耗费的精力也太多了，我只好婉言谢绝；至于给知名杂志撰写育儿专栏、接受媒体的采访，只好被顺延到下个月了。

优先排序是一种极为有效的理工科思维方式。按照优先排序，将不同性质的事情，按其重要性、紧急性、代价比等 MECE（麦肯锡不重复、不遗漏法则）进行权衡考量后，我们的思路就会豁然开朗，迅速做出决断。

二胎宝妈 MC 举办的快乐创想涂鸦活动

特殊情况下，如果碰到非常复杂的选择难题，我也会像处理工作业务一样，采用通用电气法或麦肯锡四象限选择法做出决定，这会更加准确、快速。

显而易见，当我将7月份的远赴日本企业家论坛、为杂志撰文、接受媒体采访等事务取消或者顺延后，至少能挤出一半时间来。这时，我再采取聚焦原则，在Mitchell入学和Chelsea过生日这两件事上倾注更多心血，把握好细节，就可以把事情做得更加完美。当然，和孩子们的日常交流互动的时间也长了。

按照此方法，一段时间后，我发现孩子们的脸上又流露出了久违的快乐笑容，和Daddy、Mommy也更加亲密了，他们的进步和成长也非常明显。

这时候，我豁然开朗："有所不为，才能有所为。"通过优先排序，为了孩子们，我所做出的必要取舍和牺牲，是值得的。

第五，熟练掌握育婴之道，做个全能好妈妈。

我是一个事业心极强的女性。曾几何时，我并不愿意在抚养孩子上投入过多的精力，觉得那不是什么大事，谁都可以代劳。我曾经天真地安慰自己：哺育孩子等琐事，有保姆帮忙就是了，我何必亲力亲为？更何况，育儿家教，真的有那么难吗？能难过在商海里的博弈拼杀吗？

在这种心态的诱使下，我放松了自己在幼教方面的提升和修炼。

虐心的大颠覆很快来到：Mitchell呱呱落地之后，我一下子傻了眼——

二胎宝妈 MC 举办的演绎双语故事活动

哇！原来抚育孩子的过程中会出现这么多让我手忙脚乱、头晕眼花乃至无奈崩溃的问题！这里面需要认真学习掌握的东西，可一点儿都不比 EMBA 课程少！

一筹莫展中我困惑了，犯愁了，只好更加倚重保姆。

我像一个旁观者，在一旁静静地观察保姆的育婴之道，顶多帮个忙打个下手。有时，我还为保姆的手脚麻利、理论完备甚至超前而感到钦佩，暗暗庆幸自己找到了一位专家型保姆。

"Mitchell，你该起床了！"早上 7:50，Mitchell 揉揉眼睛，茫然地看看保姆，又翻过身子，开始轻微地打鼾了。

二话不说，保姆将 Mitchell 扶起来，给还在睡梦中的 Mitchell 三下五除二地穿好了衣服。

这个过程中，Mitchell 当然要带着哭腔剧烈地挣扎、反抗。可有什么用呢？保姆不为所动，一眨眼的工夫，她已经将睡眼惺忪的 Mitchell 抱下了床。

起床之后的 Mitchell，必须按照保姆所定的食谱用餐。然后，全天该玩什么做什么，一切都必须按照章法和预定的计划行事。甚至，我连和孩子亲密接触五分钟的时间都没有。

有一次，我见机和 Mitchell 表示亲昵。

保姆就在一旁看看表，然后讪笑着说："太太，Mitchell 该学习了。"

"那么，好吧！"我将孩子递给她。

读了一会儿书的 Mitchell 总能让我抱一抱了吧？

"哦，对不起，他该洗澡了。"

我无语。

洗澡之后的 Mitchell 白白净净，又帅又萌。当妈妈的，当然又忍不住想去抱抱他、亲亲他。

可那只干瘦的大手又横在了面前："对不起，太太！Mitchell 该吃辅食了。"

吃完辅食后玩一会儿就该喝奶睡觉了。晚上 8 点，Mitchell 和我简单地道别之后，就被保姆抱上了楼——他必须准时就寝。

这就是保姆的"军事化育婴管理"之道！

My God！崇拜、欣赏、期待很快结束，怀疑、痛苦、抗拒逐渐占据了我的心田！

不用过多的思辨，这样的机械刻板的教条式管理方式就被我否定了。我的逻辑很简单——当孩子连跟父母亲近的机会都没有了，这样的家教还有什么意义呢！

于是，我尝试着一点点地向保姆申请增加和孩子在一起互动交流的时间，甚至，我想向保姆讨回部分控制权。可是，对不起，即使这些微小的希望，都被她委婉地拒绝了——她是我们千挑万选出来的、通过了严格面试的、最专业最权威的保姆。她理论和实践知识兼备，资历非常深。对我的所有要求，她会从理论和实践的高度委婉地一一否定，而我也毫无还口之力——因为相对于她的"高山仰止"，我连个菜鸟都算不上。

我还幻想着搬来援兵，以解思子之苦。悄悄地，我把妈妈请至家中。可是又有什么用呢？妈妈所秉持的育儿理念还是 20 世纪的"古典 Style"，难免有些显得不合时宜。时间久了，缺憾尽显，也只好作罢。

内外交困之下，我开始了绝地大反击。

我发扬哈佛大学生凌晨四点半的图书馆苦读精神，焚膏继晷、废寝忘食地恶补育儿知识。一段时间后，当我信心满满地站在保姆面前，从容地展露着淑女的微笑，和她逐条探讨育儿观念时，发现依然没有什么用。

保姆愣了一下，立刻回过神来，微笑但暗含坚定地说："纸上得来终觉浅，绝知此事须躬行。"接着，她几乎是一字一顿地说，"太太，'尽信书则

二胎宝妈 MC 举办的在树屋演绎双语立体书故事活动

不如无书'，您讲的中西方育儿理论那一套，在 Mitchell 这样几个月大的小孩子身上效果基本为零。因为，现实永远要比理论复杂得多，而且还是在不断变化中……"

我沉默了，无语了，后退了，因为保姆所说的句句是真，我根本无法辩驳。

于是，我又回归本位，在一旁默默地帮助保姆打理。

我成了保姆的保姆。

但功夫不负有心人，在这个过程中，我仔细地观察并思考宝宝的行为，尽可能地将其和我所学到的知识进行融会贯通、灵活应变、举一反三……

蜗牛虽慢，但只要坚持不懈，就会成功！

经过一年多的点点滴滴的实践，我终于发现，自己在育儿方面越来越有一种轻车熟路、举重若轻，甚至可以说是醍醐灌顶后打通了任督二脉的畅快感——

几个月的孩子该喝多少毫升的奶？

怎样的辅食搭配最健康？

孩子的游戏玩具该怎样选择？

如何早教让孩子更智慧？

……

所有的细节，所有的一切，我都努力去掌握！

蓦然觉得，我清楚了，我掌握了，我可以游刃有余地应付养育 Mitchell 过程中的一切了！

我不再被动地接受保姆提供的育儿方法，我有了自己的主张。这些主张，是先进的科学育儿知识和朴实的实践经验的融合与升华，带着一个母

妈妈：做孩子最好的榜样

亲对自己孩子深沉的爱，也最终让保姆明白，每一个爱孩子的妈妈，都能成为"育儿专家"！

等到 Chelsea 出生之后，在 Mitchell 身上所实践过的所有这些经验的精华，又针对 Chelsea 的特殊情况升级为思阳育儿 2.0 版的育儿经，依然行之有效！

我在养育 MC 的过程中迅速成长起来，这种"成长"又反过来滋养了我的孩子们。Mitchell 和 Chelsea 身体健康、活泼聪明，这与我肯下功夫努力学习，拼尽全力成长为一个好妈妈是分不开的。

第六，凡事请以孩子为重，以家庭为重。

两难选择是很多妈妈们的常态——家庭和事业往往会发生始料不及的尖锐冲突。

为 MC 筹办生日 Party

Mitchell 出生后,有段时间我也曾经心猿意马:抚育孩子的时候,想着蒸蒸日上的事业;投身事业时,又难免对孩子牵肠挂肚。这样顾此失彼,两头都不讨好。时间久了,我觉得,是该痛下决心,做个坚定的选择了。

我决定做个以家庭为主、事业为辅的妈妈!

因为我深深地知道,对女人来说,家庭是我们的出发点和归宿。没有了家庭和家人,一切都是无根之木、无源之水,都是空中楼阁。再说,"一屋不扫,何以扫天下?"我们连自己的家庭都照顾不好,连自己的孩子都教育不好,又怎么可能实现自己的价值,在事业上获得更大的成就呢?

"每一位成功男人的背后,都有一个伟大的女人。"事实上,全职妈妈是一份非常伟大的事业,全职妈妈就是家庭兴旺的幕后英雄。放眼国际,在欧美和日韩,婚后许多妈妈都回归家庭,放弃了曾经辉煌的事业,全心全意地为家庭、为孩子付出自己的一切。

全职妈妈非常辛苦,无论多小的事,她们都必须上心操心,甚至亲力亲为,而所有的成绩平凡又普通,时间久了就难免会让人忘记,她们的付出与所得远远不成正比!

如果你的太太为了家庭放弃了自己的事业,那么,先生们,你们应该拿出十二万分的尊重和爱给予她们!

妈妈：做孩子最好的榜样

博爱母亲，惠己及人

粽子的清香悠悠地从锅里飘出，围坐一团的家人幸福地嗅着这丝丝缕缕的香味。

一个，两个，三个……

哇！一笼热腾腾的粽子很快就出锅了！

"彩缕碧筠粽，香粳白玉团。"正面方形，后面隆起一只夹角，状如锥子的广东肉粽已经盛在盆中，倾诉着它们的芳华。

"太太，这粽子胖墩墩、绿幽幽，还没放进嘴里，老远就能闻见香味儿了。太太，你的手可真巧！"保姆竖起大拇指，一个劲儿地夸我。

"太太，昨天开始就见您一直在为这事张罗，昨晚11点熄灯的时候，您还在厨房里忙碌着。"保姆赞叹道。

她说得没错，费老大劲儿包粽子确实不容易：买粽叶、糯米、泡绿豆、腌肉、淘虾米、碾鸭蛋黄、切腊肠、晒冬菇……无一不需要用心操持。

"为何不买现成的粽子回来，一煮多方便啊！"保姆问我。

"我想把这种祖辈相传的味道传承给孩子们。"

传承祖辈的味道，就是在传承爱，在传承一份孝道。在我家，我希望孩子们能得到这种传承：

第一，孝敬父母，从心做起。

妈妈：做孩子最好的榜样

Chelsea 和妈妈、外婆在一起

百善孝为先。孝心，是中华民族的传统美德。父母生养我们恩重如山，为他们做一些事情，实在是天经地义、理所当然的。

虽然婚后我与父母分隔两地，但只要有机会，我就会回到上海探望父母。和爸妈一起吃顿饭，跟爸爸聊聊天，与妈妈一块儿做个 SPA，放松心情。陪伴不在时间多少，关键在于是否用心。我爱我的父母，他们也全心全意地牵挂着我。即使我已为人妻、为人母，在妈妈的心里，我也永远是她那个长不大的小女儿。

同时，我也在研修佛学，深知佛教在中国化的过程中，与"孝道"这个中国本土文化的核心融合得非常好。许多佛教经典，如《父母恩重难报经》等大乘经典我都曾深入学习过，普度众生乃是大乘佛教的灵魂，而孝敬父母、博爱众生，是我们每一个人都应该做到的天伦之道。

作为中华民族的传统美德，孝道也应该从孩子抓起。"己所不立，何以立人？己心不正，何以正人？己所不欲，勿施于人。"即使是从教育孩子的角度，从家教的角度，做父母的也应该做一个孝顺的典范。

 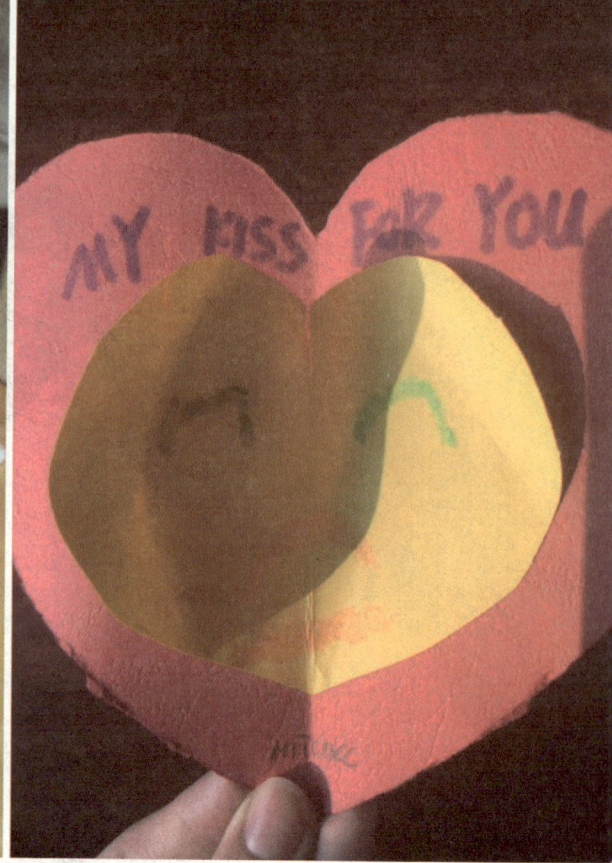

Mitchell 送给妈妈的手工礼物

"十年树木,百年树人。"西班牙著名文学家塞万提斯曾说:"父亲的德行是儿子最好的遗产。"推而广之,我们只有从自身做起,力行孝行,才能潜移默化地影响孩子,培养他成为一个知天、敬天、畏命、孝敬父母的堂堂正正的中国人。

具体来说,第一,"己身不正,何以正人",家长应该以身作则,为孩子树立榜样。

事实上,婚前我一直忙于精进学业和事业打拼,对家务事确实一无所知。"君子远庖厨"这句名言,用在我身上最合适不过了。可为了向婆婆表达孝心,我这个厨艺菜鸟刻苦钻研,在网上搜集美食资料,反复观摩美食视频,研究美食书籍,终于学会了婆婆最爱吃的广东特色菜。

就在 2016 年春节,当我把一道精妙绝伦的大盘压轴菜——"妙手蒸鱼"放到餐桌正中央时,在场的所有亲戚都忍不住夸我心灵手巧、舍得用心。

他们纷纷说,婆婆有我这样一个孝顺可人的儿媳妇儿,真不知是几世修来的福气。还有的夸我:"Yolanda,真是难为你了。很难看出你是一个

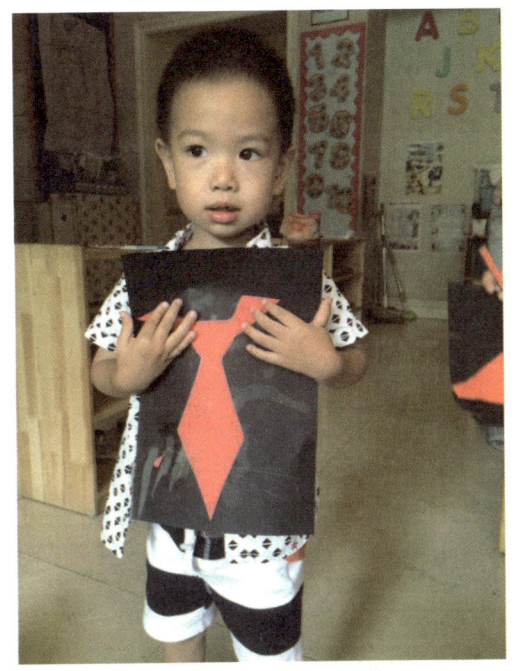
Mitchell 送给爸爸的手工礼物

'85后'，能做这么一手好菜！"

我腼腆而乖巧地笑了，然后趁机给婆婆夹片鱼肉。婆婆慢慢品尝后，满意地点了点头，笑着夸我蒸得地道。听到婆婆的认可，我觉得自己的用心学习没有白费。

我之所以这么高兴，是因为作为广东人的儿媳，我深知要做出一道连广东人都赞不绝口的广东招牌菜——蒸鱼有多难：要选择上好的鳜鱼，体重多少、煨鱼前如何给鱼按摩、盐量放多少、蒸鱼时长、什么火候才能恰到好处……个中讲究一言难尽，所以我才能因为自己得到婆婆的认可而感到由衷的高兴。

"谁言寸草心，报得三春晖。"确实，包粽子、蒸鱼这些事看上去虽小，但具体操作起来，繁复的备料，细腻的用心，又要把握好火候，绝不是简简单单一句话就能做好的。我在孝敬公婆方面花费如此多的心思和气力，去讨老人家的欢心，也是在给孩子做榜样，传承我们中华的孝道。

第二，要培养孩子的孝心，就应该尽量让他们自己动手。

随着社会的发展，家庭的少子化趋势越来越明显。独生子女已经成为时代的主流,"4-2-1"家庭举目皆是。惜子之情,老辈尤盛。他们恨不得将孩子的所有事都大包大揽,真是托在手里怕掉了,含在嘴里怕化了,干得多了怕累了。这种情况下,孩子们不想当"小皇帝""小公主"都难。事事包办的结果,就是孩子们四体不勤、五谷不分,觉得享受一切乃是天经地义,更遑论让孝敬的种子在孩子心里生根发芽了。

我很早就意识到了这个问题的严重性,对于孩子们力所能及的事,尽可能地让他们亲自动手,从中感受到劳动的不易,从而珍惜劳动成果,也能体谅父母的苦心,让孝顺的种子萌芽。

有时候,Mitchell会努力爬上楼梯,招呼正在伏案疾书的我:"妈妈,吃饭了。"家里买了好吃的东西,Mitchell也会主动拿出来跟大家分享,他还会很认真地问我:"妈妈,好不好吃?"所有的这一切,我并没有刻意去灌输,而他似乎在某个阶段不经意地突然就长大了,懂事了,知道心疼Daddy、Mommy了。

冬天,先生的腿特别干燥,我拿出了润肤露准备给他涂抹。Mitchell会主动过来,关心地问这问那,还要为我们涂抹。看到他热心的样子,作为父母,我们非常感动,Mitchell也非常自豪。

粽子飘香

我亲手做的凤梨酥

每天早餐前,保姆都会把保健品拿出来。这时候,刚刚会走的Chelsea往往会模仿哥哥主动拿起桌子上的保健品递给我和先生,嘴里还一个劲儿地说:"Mommy,给你!Daddy,给你!"

晚间休息时,有时我忍不住一边捶腿一边感叹:"有点累哦!"Mitchell就会一本正经地对我说:"妈妈,我给你揉一揉。"别说,当他的小手抚摸我的头时,我真是感觉疲累全无,心里热乎乎的。

第三,珍视友情,施爱于人。

我和先生有一个共同的好朋友——以色列人Roni。

"有朋自远方来,不亦乐乎!"Roni来到中国后,我就在想,我到底给他做些什么糕点呢?是做西式糕点还是中式糕点?Roni是以色列人,天天享用西点,他可能对中国糕点更加感兴趣吧!

我冥思苦想一番,有了!中国台湾的凤梨酥,Roni肯定没吃过。

于是,我放下手头工作,立刻系上围裙,开始了精细而艰难的制作台湾凤梨酥的过程。我将冬瓜和菠萝榨成汁,开小火慢慢熬成糊状,既不能太稀也不能太稠——这个火候实在难以把握。

要想做好凤梨酥,甜度非常重要,糖量需要控制好,真是"加一分太甜,减一分太淡",丝毫马虎不得。包凤梨酥的皮要用鲜奶油、蛋黄等制作,每一个都要称量好,非常精细——那些娇嫩的馅,包的时候稍不注意就露在外面了……

整整一个下午,我挥汗如雨,终于顺利地将凤梨酥送入烤箱中。而

以色列友人 Roni

Mitchell 则时不时地过来看看凤梨酥熟了没有,细细观察烤箱里凤梨酥的变化。

凤梨酥做好后,Roni 一边品尝,一边竖起大拇指,一个劲儿地夸我:"Yolanda,你还会做这个啊?太好吃了!"我先生在一边也乐呵呵地笑着,可以看得出,他也感到特别自豪。

西塞罗说:"友谊永远是美德的辅佐。"我为什么要大费周折地做台湾凤梨酥这个复杂的中式点心呢?是因为对我先生的尊重,对我们夫妻的共同朋友 Roni 的友情的珍视。我们相信,友情是我们生活的重要部分,珍视友情是我们寻找圆满幸福的必由之路。我们如此真诚地对待朋友,也一定会启迪孩子,帮助他学习未来该如何待人接物,如何与朋友真心相处。

最后,热心公益,大爱于行。

我很早就投身公益活动了。婚前,我就与一些志同道合的企业家朋友们成立了一个"关心下一代大学生发展基金",我个人出资一百万元。

这个基金曾经帮助了很多残障的大学生,帮助他们圆了事业梦和人生梦,让他们站在人生的新起点上,学习更多知识,实现个人价值,回馈社会,造福人类。他们中的许多人学到了很多专业技术,这些实用技术帮助

身残志坚的他们跨越了生命中的许多障碍，成就了自己也促进了社会和谐，因此受到了政府和社会的高度评价。

Mitchell出生以后，我和先生又把目光投向了孤儿院。

我们专门买了一些适合孤儿院使用的床，亲自送了过去，并指导那些离开了父母怀抱的宝贝们，让他们把这些床安置好。看到宝贝们开心的笑容，我们觉得，自己的举动虽然微小却非常有意义。这也更加坚定了我的决心——等到Mitchell和Chelsea再长大一些、更独立一些，我要分出更多的精力投身于公益事业。

在参加复旦大学举办的拓展训练戈壁行中，我看到戈壁滩的满目疮痍：黄沙肆虐、一片荒芜，不由得感慨万端。

我在想，我们国家还存在大面积的沙漠地带，而我们的农业用地面积却在日益减少。随着城市化浪潮的推进，我国的耕地保护已经处于刻不容缓的地步。

由此，我萌发了一个念头：如果能在戈壁和荒漠上植树造林，既可以改善戈壁环境，又可以改良土地，无疑是一件利国利民的好事。于是，我和先生商议，将来可能会做一个"爱心小树计划"。通过基金，大家共同发力，广募社会资源，在西部沙漠和戈壁里，大量地科学种植树木，为绿化事业尽一份绵薄之力，也播种下我们对大自然的浓浓思恋。当我们老了，眼看着这些小树一天天地长大长高，那将是一件多么令人欣慰的事啊！

而且，所有的这些公益项目，也可以给 Mitchell、Chelsea 以及其他更多的孩子们留下深刻的印象。让他们知道，我们每一个人的力量虽然很小，但只要大家联合起来共同奉献爱心，就一定能够让我们生活的家园更加美好；只要我们有一颗博爱的心，就可以把爱的种子散向四方，让更多的人收获喜乐和圆满。

博爱，作为西方社会的主流价值观之一，肇始于伏尔泰、卢梭的启蒙运动。因符合了历史发展潮流，很快就成为全人类共同追求的伟大理想。博爱，也是今天我们每一个人立身于社会的根基和伟大的人生目标。它让我们的人生更有意义。

我家客厅的后壁悬挂着一位艺术家的砂岩浮雕。这位艺术家把毕加索的《和平鸽》和凡·高的《向日葵》巧妙地糅合在一起，向日葵的勃勃生机与和平鸽所昭示的博爱和平，也寄托了我和先生的共同理想：我们真诚地希望，博爱与和平能成为我们奋斗的原动力和生命灯塔！

莎士比亚说："我们的德行尚不能推及他人，那就等于没有一样。"他又说，"仅仅一个人独善其身，那实在是一种浪费。"我们希望自己博爱行善的精神能够在 Mitchell 和 Chelsea 身上传承下去，让他们徜徉在爱的海洋中，并将这满满的爱散播出去，惠及更多人，成为他们未来修身立志、做人行事的不尽滋养！

后记

《我的二胎时代》即将上市,这是我在养育 MC 过程中的珍贵回忆,是我美好人生中的一段幸福旅程,我很愿意跟大家分享。当然,本书中的很多育儿方法与技巧,都源于我在育儿过程中的经验总结,可能未必适合所有的宝贝。

在探索育儿的路上,我一直在奋力前行,于是我们又有了一个二胎宝妈 MC 平台。这个平台集合了一批国际早教学者、知名保健医生、音乐家等专家学者,融合了国际"最 IN"宝妈宝典、幼儿双语故事、MC English Song,其中还包括很多精彩的线上线下活动。我希望通过这些专业化、国际化的视角和内容,带领宝妈们一起科学育儿。妈妈们可以在这里和我们及时互动,大家共同成长。

二胎宝妈 MC 平台仅仅是我们适应移动互联时代家庭教育方式变革的一部分。我们意识到,未来是人机合一的教育趋势,VR 和 AR 将成为互联网教育的主流。

Virtual Reality,简称 VR,即虚拟现实技术,是指利用计算机模拟产生三维空间的虚拟世界,为使用者提供有关视、听、触等感官的模拟,使操作者可以及时而不受限制地观察三维空间事物,如同身临其境。所谓 AR,就是增强现实——Augmented Reality,也被称为混合现实。它通过计算机技术，把虚拟物体和真实环境实时地叠加在同一时空里。举个例子，通过 VR 和 AR 技术，操作者戴着眼镜就可以穿梭在肯尼亚的森林里面，那些平时只能在电视屏幕里看到的狮子、长颈鹿似乎就在身边和我们亲昵互动。

毫无疑问，这绝对是 21 世纪的一项伟大发明。我们设想，可以在二胎宝妈 MC 平台的升级版里及时导入这些技术，和大家一起畅想未来，更加高效地学习，适应未来科技的新变化。我想通过 MC 这个平台，不断融合并实践类似 VR 和 AR 等最新科技，将二胎宝妈这个课题引向深入，这一定是件非常有趣的事。

世界如此美妙，让我们和宝宝们一起努力探索、共同成长吧！

董思阳

2017.5.29